KB267548

저희가 쌤의 마지막 담임반이 되고 싶어요

저희가 쌤의 마지막 담임반이 되고 싶어요

1판 1쇄 발행 2026년 3월 16일

지은이 임병조
펴낸이 김선기
펴낸곳 (주)푸른길
출판등록 1996년 4월 12일 제16-1292호
주소 (08377) 서울시 구로구 디지털로 33길 48 대륭포스트타워 7차 1008호
전화 02-523-2907, 6942-9570
팩스 02-523-2951
이메일 purungilbook@naver.com
홈페이지 www.purungil.com
ISBN 979-11-7267-097-9 03810

저희가
쌤의 마지막 담임반이
되고 싶어요

임병조

얼추 10여 년 전 일이다. 옆자리 후배님이 '퇴직하기 전에 꼭 글을 쓰고 가라'고 했다. 고마운 말씀으로 받아들이고 들어 넘겼다. 그런데 이듬해에도 옆자리 후배님에게 같은 말을 들었다. 이번엔 마음이 동했다. 단 두 분이었으나 믿고 사랑하는 분들이었으므로 마음이 움직였다. 평범한 삶이지만 작은 울림이 있을지도 모른다는 넉살스러운 생각을 하게 되었다. 특별한 삶은 아니더라도 공감은 경험과 인식을 공유함으로써 오기도 하니까. 그리고 비슷한 경험도 관점에 따라서는 다르게 보일 수도 있으니까.

교직에 첫발을 내디뎠을 때와 비교하면 많은 것이 변했다. 아이들이 존중받는 분위기와 민주적인 의사 결정 시스템이 가장 크게 느껴지는 변화이다. 첫 발령 때 꿈꿨던 것들이다. 돌아보면 참 복 받았구나 싶다. 역사의 진보와 함께했다는 것만으로 큰 복이다. 그리고 그런 변화를 그저 바라만 보지는 않았다는 것이 자랑스럽다. 그런 이야기들을 쓰고 싶었던 것 같다.

그런데 책으로 엮으려고 꺼내 보니 글이 중구난방이다. 메모만

틈틈이 해두었으니 주제가 일관성을 갖기 어려울 수밖에 없다. 강산도 변하는 10년 세월이 지났으니 시의성을 잃은 글들도 많다. 게다가 뭔가 마음에 들지 않는 상황이 생겼을 때 쓴 글이 많다. 아쉬운 대로 그중에 글감이 될 만한 것들을 추려서 살을 붙였다. 대략 정리를 하고 보니 네 가지 정도로 내용을 묶을 수 있을 것 같다.

학급 운영 에피소드(Ⅰ. 정하지 않기를 정하기), 아이들 이야기(Ⅱ. 강아지가 아파서 학교에 못 가요), 교사와 교육에 대한 생각(Ⅲ. 나도 사람이야, 완벽한 어른은 아니야), 그리고 개인적 소회(Ⅳ. 저희가 쌤의 마지막 담임반이었으면 좋겠어요)로 글을 나눴다. 처음부터 이렇게 계획을 하고 쓴 글이 아니라서 논리도 없고 거칠기만 하다. 지나온 삶에 쉼표를 찍고 새로운 출발선을 긋는 계기로 의미를 두고 싶다.

제자들 격려가 정말 기쁘다. 최미경, 김상훈, 모근영, 석종희, 육예진, 이미람, 기꺼이 격려 메시지를 보내준 제자들, 고맙고 자랑스럽다. 선후배 선생님들께도 고마운 인사들 드린다. 이런 '짓'을 유발

한 채수진 선생님께는 격려 메시지를 주문하여 책임을 물었다. 국외 체류 중에도 기꺼이 글을 보내주셔서 부족한 책을 채워 주셨다. 강창수 형과 천이슬 선생님은 정년 축하시를 써 주셨다. 과분한 격려 말씀에 부끄럽고 고마울 뿐이다.

푸른길 출판사 여러분들께도 고마운 인사를 드린다. 과연 책이 될 수 있을까 망설였던 변변치 않은 글을 책으로 빚어 주셨으니 너무 고맙다. 늘 격려해 주시는 이선주 팀장님께 특별히 감사 인사를 드린다.

막상 책을 내보내려고 하니 아쉬운 점이 많다. 무엇보다 단편적 시각으로 교육 현실을 왜곡한 것은 아닌지 걱정이 앞선다. 얕은 속내를 함부로 드러내서 부끄러울 뿐이다. 지구를 괴롭히는 종이 낭비가 되지는 않아야 할텐데……

2026.2.

임병조

차례

I
정하지 않기를 정하기

II
강아지가 아파서 학교에 못 가요

III
나도 사람이야, 완벽한 어른은 아니야

Ⅳ
저희가 쌤의 마지막 담임반이 되고 싶어요

I

정하지 않기를 정하기

자리 바꾸기의 마법

내게 월말은 "선생님 자리 언제 바꿔요?"로 온다. 매월 초에 늘 자리를 바꾸기 때문이다. 추첨을 하거나 시간이 없으면 어플을 이용한다. 종이로 뽑는 추첨은 시간이 꽤 걸리지만 나름 긴장감이 있다. 소위 쪼이는 녀석들도 많고, 탄식하는 장면도 재미있다. 새 자리를 정하는 것이 목적이지만 나는 목적 달성보다는 그 과정이 하나의 '놀이'이기를 바란다. 빡빡한 학교 생활에서 즐거움을 찾기란 쉽지 않다. 그래서 한 달에 한 번 패를 들고 쪼이기라도 해보는 것이다.

하지만 결과는 늘 아쉬운 것이 자리 바꾸기다. 항상 기대에 들

떠서 '자리 언제 바꾸느냐'고 조르지만 아쉬운 것은 너나 할 것이 없다.

왜 그럴까?

늘 아쉬워하고 뽑자마자 다음 뽑기를 기다리는 아이들을 보면서 궁금증이 생겼다. 오래 생각할 필요도 없다. 원하는 자리가 하나라면 확률은 1/34이다. 성격이 관대해서 앉고 싶은 자리가 네댓 개 된다 해도 확률은 1/7밖에 안 된다. 그런데 문제는 그게 아니다. 짝꿍이다. 붙어 앉고 싶은 친구가 있기 마련인데 둘이 만날 확률은 더 낮다. 옆자리 수학선생님의 계산에 따르면 전후좌우 어디에 앉아도 괜찮다고 쳐도 1.9%밖에 안 된다고 한다. 엄청나게 어려운 확률이다. 게다가 좋은 위치까지 차지하고 싶다면 사실상 불가능에 가까운 확률이 된다. 늘 아이들의 줄 탄식이 이어지는 간단한 이유다. 그럼에도 불구하고 아이들은 자꾸 자리를 바꾸자고 조른다. 지금이 마음에 들지 않기 때문이고 다음엔 친한 짝꿍, 좋은 자리를 만날지도 모른다는 기대감 때문이지만 앞서 계산해본 확률로 보면 다음 달에도 또 똑같을 것이다. 그래서 아이들은 늘 조를 수밖에 없다. 늘 다음을 기다리는 자리 바꾸기의 마법이다.

선희는 '마음대로 앉자'는 의견을 냈다. 친구가 많고, 마음에 딱 맞는 친구가 있다면 문제가 없지만 교실에는 늘 그렇지 못한 친구가 있기 마련이다. 끝내 마땅한 짝을 찾지 못하고 괴로운 시간을 보내는 친구가 단 한 명이라도 있다면 다른 사람들이 양보하는 것이 맞다. 게다가 좋은 자리를 두고 벌어지는 암투(?)로 인해 보이지 않는 상처를 입을 수도 있다.

예지는 추첨이 끝나자마자 자리를 바꿔 달란다. 이유는 칠판이 잘 안 보여서 그렇단다. 이럴 때 참 난감하다. 까닭이 있는 이유지만 받아들이면 바로 도미노가 일어난다. 지난달에도, 저 지난달에도 비슷한 일이 있었다. 불러서 설명을 하면 다행히 아이들이 내 얘기를 잘 받아들여 주지만 미안하다.

그래도 나는 매월 첫날 자리 바꾸기 '행사'를 한다. 분위기를 바꿔보는 것만으로도 의미가 있으니까. 그리고 당부를 한다. '옆자리에 친하지 않은 친구와 앉게 되거든 기뻐하라'고. 확률로 보나, 그동안의 실례로 보나 친하지 않은 친구를 만날 가능성이 거의 100%이기 때문에 꼭 말을 해야 한다. 1년 동안 한 교실에서 생활해도 제대로 얘기 한 번 못 나눠보고 헤어지는 친구도 있다. 오늘 우연히 가깝게 앉게 되었으니 한 달 동안 얘기 많이 나누고 친해지라고 권한다. 고딩 친구는 평생 친구라는 얘기도 끼워 넣는다. 뻔한 소리 같지만 긍정의 눈빛이 조금씩은 늘어난다.

이야기가 있는 학급 활동

청소 활동이 늘 고민이다. 해마다 피드백을 한다고 하지만 결국 큰 틀은 '균등 분배'다. 역할을 쪼개고 쪼개서 아이들 수만큼 나눈 다음 그중 하나를 고르게 하는 것이다. 하지만 아무리 분배를 잘해도 노동 강도가 평등할 수는 없다. 그래서 직접 고르도록 하지만 솔직히 이건 군대 갈 때 병과나 입대일을 선택하게 하는 것과 비슷한 장치다. 불만을 잠재우기 위한. 즉, '내가 선택했으니까 어려워도 참아야 한다'고 생각하기를 기대하는 것이다.

올해는 '이야기가 있는 학급 활동'이라는 것을 해봤다. 작년 2학기 때 시운전을 한 번 해봤고 그걸 조금 더 체계화한 것이다.

이유는 도무지 청소가 제대로 되는 날이 없었기 때문이다. 천방지축 뛰돌아 다니는 2학기 고3 왈패들에게 비와 걸레 자루를 쥐게 하는 것은 개구리 떼를 광주리에 주워담기보다 힘들다. 게다가 작년 우리 반은 체육과 지망생이 9명이나 되는, 몸이 늘 근질근질한 친구들이었다. 전교에 소문이 짜해서 교감쌤이 나를 틈틈이 위로할 정도였으니…….

어쨌든 약간은 성공을 했다. 핵심은 균등 분배를 포기하고 하고 싶은 사람만 하는 것이다. 많은 수는 아니었지만 자원해준 '착한 이'들이 있었고, 나름 열심히 해주었다. 열심히 청소를 하고 있는 중에 노는 친구를 볼 때 가장 속상한 것이 인지상정이다. 나 역시 아이들 못지않게 언짢다. 맡은 역할을 잘 하지 않는 아이들을 미워하는 마음이 스멀스멀 생긴다. 그런데 하겠다는 사람만 하니 아이들도 나도 마음이 편했다. 몸이 힘든 것보다 상대적 박탈감과 미워하는 마음이 더 힘든 법이다.

올해는 1학기에 시작을 했다. 거창하게 '이야기가 있는 학급 활동'이라고 이름을 붙이고 자기가 하고 싶은 역할을 쓰도록 했다. 역할 정하기부터 제로베이스에서 시작해 본 것인데 어떻게

든 자신의 진로와 연결시켜서 역할을 찾아보라고 주문을 했다. 불안했던 내 예상과는 달리 서른 다섯 명 친구들 가운데 단 네 명을 빼고는 모두 어떤 역할을 써냈다. 그리고 한 학기 동안 활동한 다음 배우고 느낀 점을 쓰도록 했다. 의미있는 내용은 생기부에 기록을 할 수 있으니까.

썩 만족스럽지는 않았지만 그럭저럭 1년을 보냈고 의미 있는 느낌을 적어 낸 친구들도 제법 있었다. 솔직히 시스템 덕이라기보다는 인적 구성 덕도 컸다. 함께 지내면서 보니 올해 우리 반은 '착한 이'들의 집합체였다.

하지만 예전처럼 담임이 역할을 나눠 달라는 요구도 있었다. 그런데 그 주인공이 가장 열심히 참여했던 재문이어서 놀랐다. 다른 사람이 맡은 일까지 너무 열심히 해서 내가 하지 못하게도 했던 열성파였기 때문이다. 그런 재문이도 '노는 친구'들 때문에 마음이 상했던 적이 있었던 것이다. 절반의 성공이라고 자평했다.

올해를 돌이켜보면서 '모두 함께해야 한다'는 강박감에 오랫동안 사로잡혀 있었다는 사실을 깨달았다. 아이들은 평등이라는 상징적 가치보다는 생기부 기록이라는 현실적 이해를 따른다. 평등이라는 무지개를 좇다가 오히려 더 많은 상대적 박탈감을 만들어 냈을 수도 있겠다 싶다.

선생님, 저 태국 다녀올래요

선생님 조퇴시켜 주세요!

얌마 뭐여, 한꺼번에 다섯 명 씩이나, 교문 나가자 마자 떼거리 피씨방 삘인데? 안돼!

저 태국 다녀올래요.

왜 갑자기 태국?

트랜스젠더 할래요.

…….

그래 보던가.

그럼 조퇴시켜 주세요, 태국 다녀오게.

말이 되는 소리를 해라, 다들 교실로 돌아가 이녀석들!

안 돼요, 샘~.

저는 꼭 조퇴해야 돼요.

아! 운기는 레슨 예약이 되어 있구나. 알았다.

에이~ 운기 실기시험 다 끝났어요, 사기예요.

아니에요, 정시가 남았어요.

난 운기를 믿어. 운기는 일찍 가거라.

에이, 차별이에요. 쌤…….

맞어 차별, 얼른 돌아가 이놈들.

투덜투덜…….

* * * * *

쌤, 조퇴시켜 주세요.

한 시간 만에 또 왔니? 근데 어째 너 혼자 왔냐?

다른 애들은 갈 이유가 없는 거죠.

너는?

저는 수능 최저를 맞춰야 해서 꼭 가야 돼요, 교실에서는 공부
를 못 하겠어요.

수능장이 조용하다는 법 없다. 옆에 기침하는 학생이 앉을 수도 있고, 볼펜 딱딱거리는 애들도 많고. 교실로 돌아갓!

투덜투덜…….

* * * * *

쌤, 조퇴시켜 주세요.

너 참 끈질기다.

진짜 공부가 안 돼요.

너 보내면 봇물이 터져서 안 돼. 착한 네가 좀 참아라.

여자애들 보내주셨잖아요…….

그야……, 그날이라잖아…….

운기도 보내주셨잖아요.

실기 레슨이라잖어.

근데 왜 저는 안돼요?

에잇! 가라 가 인마!

휙~!(조퇴증 던지는 소리)

정하지 않기를 정하기

"걔들은 청소 안 해요."

'감찰관'이라는 듣도 보도 못한 역할을 자신이 하고 싶은 역할로 적어 냈던 부반장이 내게 와서 '고자질'을 한다. 불편하다. 청소를 안 하는 녀석이 기본적으로 문제지만 고자질을 하는 감찰관 부반장도 예쁘지는 않다. 결국 내게 일러바치는 것은 청소를 잘 안 하는 녀석들 야단을 쳐 달라는 얘기니까. 약간 화가 나서 싫은 소리를 했다. 부반장으로서 친구들을 잘 독려해서 제 역할을 하도록 해야지 그걸 선생님에게 고자질을 하느냐는 주제의 이야기였다. 서운해하는 표정이 역력하다. 항변하듯 하는 말이

“걔들은 청소 안 해요.”였다. 그렇다면 원래 안 하는 그 녀석들이 내가 얘기하면 하기는 한다는 뜻인가?

돌이켜보니 언제부터인가 ‘고등학생이나 된 녀석’들이 선생님에게 달려와서 친구의 잘못을 고자질하는 장면이 낯설지 않게 느껴졌었다. 우리 세대들은 공통적으로 ‘친구의 잘못을 고자질 하지 않는 것’을 의리로 생각했다. 선생님이 잘못을 저지른 친구를 적발해서 야단을 쳐주면 솔직히 속으로 고소해 하기는 했을지언정 대놓고 고자질은 하지 않았다. 교사의 과한 통제에 대한 일종의 연대감 같은 것이었다.

형식적 민주주의가 이젠 교실에도 일반화되었다. 담임을 향한 공동 전선이 약화된 만큼 아이들은 자율적으로 판단하고 자신의 의견을 잘 표현한다. 고자질도 ‘자유로운 자기 표현’ 가운데 하나일 수도 있다. 그렇다면 내 생각을 바꿔야 한다. 이 아이들이 내 학창시절로 돌아갈 리 만무하다. 게다가 고자질을 하지 않았던 우리의 행동을 ‘의리’로 미화할 수만도 없다.

학교생활을 하다 보면 나름의 방법이나 규칙 같은 것을 갖게 되기 마련이다. 해마다 반복되는 일이 많기 때문이다. 좋게 말하면 '자료'가 많이 쌓이는 것이고, 다른 측면으로 보면 타성이 강해지는 것이다. 전해 내려오는 학교 격언들도 제법 있다. 타성을 집대성한 것이리라. '아이들은 초반에 잡아야 한다.'거나 '시범적으로 한 놈을 죽이면 1년이 편안하다.' 따위의 격언은 교직 초반에 선배들로부터 많이 들었다. 정말 싫었던 교단 격언 중에 '독재 담임 밑에 왕따 없다.'였다. 어느 교장이 자주 했던 말이다. 아이들을 통제의 대상으로 객체화하는 위험한 학생관이라는 공통점이 있다. 업무와 관련해서도 마찬가지다. '한 해 개기면 다음 해부터 편해진다.'거나 '먼저 하면 손해다.' 따위이다. 가치 판단을 배제하고 학급 운영이나 업무에 도입(?)하면 실제 효과가 있기도 하다. 자신만의 루틴이나 규칙도 마찬가지다. 혁신은 없지만 일을 쉽게 할 수는 있다.

그렇지만 아이들을 대하는 태도는 수업이나 업무와는 다르게 생각해야 한다고 느끼는 순간이 많았다. 확확 바뀌지는 않지만 아이들은 해마다 다르다. 무언가를 정해 놓고 대하다 보면 당황하는 순간이 늘 있다. 그래서 한 가지를 정하게 되었다.

'정하지 말자.'

어차피 휘발성 메모리라서 새 학년이 되면 뇌가 포맷 가까이 되기는 하지만 '정하지 말자.' 외에는 잊어버리자고 스스로에게 강조하곤 한다. 무언가를 정하면 판단하고 행동하기가 편하다. 하지만 그래서 불편할 때가 더 많다는 것을 어느 때인가 깨닫게 되었다. 사고를 제한하고 그래서 오히려 마음과 행동의 족쇄가 된다. 세상이 변하는 속도가 빨라지는 것에 발맞춰서 아이들이 변화하는 속도도 빨라졌다. 더욱이 학급의 구성원들이 해마다 바뀜에랴! '정한 것'의 효용성이 상실될 가능성이 '매우' 커진 것이다. 실행이 거의 불가능한 엉터리 규칙이지만 타성에 빠지는 걸 조금이라도 막아 보려는 나름의 몸부림이다.

청소 안 하는 '걔들'을 야단치는 대신에 일주일에 한 번 '함께 청소하는 날'은 아이들과 같이 청소를 한다. 앞뒤가 좀 안 맞기는 하지만 이것은 '정한 것'이다. 담임이 청소를 한다고 해서 아이들이 엉기덩기 달라붙지는 않지만 그래도 조금 낫기는 하다. 동감까지는 꿈도 못 꾸지만 적어도 눈치는 보니까.

대입제도는 모범학생도 바꾼다

모범학생 추천, 나는 이것만큼은 비민주적으로 내가 결정해왔다. 교사가 된 직후부터 그랬던 것은 아니다. 첫 발령 이후로 나는 항상 아이들에게 추천을 받아서 상을 줬다. 아이들의 추천을 받으면 거의 받을 만한 사람이 추천이 되었으므로 상의 공신력도 올라가고 나도 낯이 섰다. 그때 분위기는 담임이 직접 결정해서 상을 주는 것이 상례였으므로 선배 선생님들 앞에서 중뿔나는 짓이었다.

그런데 내 생각을 바꿔야 하는 '사건'이 일어났다. 대략 20여 년 전쯤이었던 것 같다. 그때도 내내 해왔던 대로 반 학생들의 추천을 받아 상을 주려고 했다. 그런데 '이상한 일'이 벌어졌다. 너도나도 자기가 모범 학생이라고 자신을 추천하는 것이었다. 그전에는 못 보던 현상이라서 깜짝 놀랐던 기억이 생생하다. 그해에는 우리 반에 유난히 행동파들이 많았는데, 그래서 그런 것이리라 생각했다. 그런데 그 이듬해에도 똑같았다. 연속 2년 같은 학년 담임을 해서 1년 후배들이었고, 1년 전 아이들보다 훨씬 '순한' 아이들이었다. 그런데 뭐지?

대입에 수상 경력이 반영되기 시작했던 것이다.

제도가 바뀌지 않는 한 앞으로도 마찬가지일 것이므로 내가 전권을 행사하는 것이 낫겠다는 생각을 하게 되었다. 일종의 당근같은 역할도 하지 않을까 하는 알량한 기대감도 없지 않았지만 그런 기미는 거의 보이지 않았다. 어쨌든 꽤 긴 세월 담임을 했던 해에는 모범상을 직접 추천해서 줬다.

오랜만에 모범상을 주기 위해 아이들의 의견을 물었다. 내 생각을 바꾸게 된 이유는 그해에 우리반 아이들이 너무 착했기 때문이다. 모범 학생이 너무 많았으므로 결정하기가 어려웠다. 그리고 이 정도로 착한 아이들이라면 객관적으로 추천할 것이라는 믿음도 있었다. 이십여 년 세월이 지났으니 '그동안 아이들이 혹시 변하지 않았을까' 하는 호기심도 발동했다.

세 명에게서 문자 메시지가 왔다. 아마도 공개적으로 말하는 것은 부끄러웠기 때문일 것이다. 모두 자기를 추천했으므로.

이십 년이 지났지만 변함이 없는 것이다. 더 들어봐도 결정에 큰 도움이 되지 않을 것 같은 생각이 들어서 여론 조사를 취소하고 말았다.

그런데 그다음 해에는 무슨 복인지 아이들이 더 착했다. 추천하려고 명렬표를 훑었더니 주고 싶은 녀석이 너무 많다. 그래서 반대로 상을 받기에는 조금 부족한 아이들을 뽑아봤다. 하지만 주고 싶은 녀석들보다 빼고 싶은 녀석이 더 적다. 이를 어쩌나……. 고민을 하다가 나름 괜찮은 답을 찾아냈다. 실명제에 복수 추천제다. 실명으로 하는 이유는 객관성을 확보하기 위해서지만 무엇보다 자기 추천을 조금이라도 막아보기 위해서였다. 선행, 봉사, 예절 3개 부문이므로 3명씩 추천하도록 했다.

결과는 성공이었다.

추천된 아이들 면면이 내가 생각했던 것과 크게 다르지 않았다. 아이들도 이성적인 판단을 하는 것이다. 하지만 마음 한구석이 허전했다.

그해의 아이들은 수상 경력을 대입에 반영하지 않는 첫 세대였다.

전자기기 분리 불안 증후군

1교시 자율활동이 끝나고 아이들이 2교시 체육 수업하러 교실을 빠져나갔다. 하던 일 마저 하고 나오느라 늦었는데 아이들이 다 나간 교실에 에어팟이 콘센트에 꽂혀 있다. 충전시켜 놓고 그냥 체육관으로 간 것이다. 교실을 나오다 생각하니 최근 두 번이나 있었던 교내 에어팟 분실 사건이 떠올랐다. 값이 비싼데 작아서 잃어버리기 십상이다. 게다가 빨간색이 눈에 확 띄어서 되돌아가서 가지고 왔다. 주인이 누군지는 모르지만 이따가 찾아주면 될 일이다. 아마 깜짝 놀라서 이리 뛰고 저리 뛸지도 모른다는 상상을 하면서 장난기도 슬쩍 발동한다. 핸드폰은 말할 것도 없고 에어팟도 아이들이 극심한 분리 불안을 느끼는 물품이다.

2교시 중간, 예상보다 빨리 연락이 왔다. 아이들이 체육관에 갔다가 일찍 온 모양이다.

"선생님 혹시 교실에서 제 에어팟 보셨나요? 콘센트에 충전하고 있었는데……."

"못 봤다면 누가 가져간 거네? 끝나고 와 인마!"

"넵!"

이 정도면 안심도 시키고, 조심도 시키고, 가벼운 농담도 된 거겠지?

그런데,

"내 에어팟 훔쳐간 사람?? 빨간색 에어팟 케이스고 충전기랑 같이 놔뒀는데"

반톡에 바로 녀석의 글이 올라온다.

엥? 이건 뭐지? 서둘러 답글을 올렸다.

"이따 오라니까. 빈 교실에 놔두면 가져가란 얘기지!"

"가져가는 사람 잘못 아닌가요?"

갑자기 머리가 멍해진다.

이건 무슨 뜻이지? 내가 가져갔다는 말을 못 알아들었나? 아니면 내가 가져갔으니 내가 잘못되었다는 뜻인가? 기분이 언짢기도 하고 마땅한 대답을 찾지 못해 답을 하지 않았다. 한 시간이 지난 쉬는 시간. 머리 뒤쪽으로 인기척인 듯 아닌 듯 기운이 느껴져서 돌아보니 상희가 조용히 서 있다.

"빈 교실에 꽂혀 있어서 가져왔다. 잃어버리면 어떻게 하려고 그래 인마."

건네줬더니 말없이 받아 들고 돌아선다. 내내 머리가 복잡하다. 이 상황을 어떻게 정리해야 하나……. 일단은 녀석을 다시 불러서 사건을 재구성해야겠다.

"많이 놀랐니?" 녀석이 오는 동안 고민한 첫 마디다.

"예……."

"요새 학교에서 에어팟 분실 사고가 두 번이나 있었단다. 그래서 쌤이 가지고 왔어."

"……."

답이 없으니 머쓱해서 더 얘기도 못하고 돌려보냈다.

종례 때 공지를 했다. 게재에 물건을 잘 챙기라는 메시지를 전달하는 모양새지만 솔직히 내 찜찜한 기분을 털어 버리고 싶은 생각이 더 컸다.

여러 가지 생각이 든다.

가장 중요한 사실, 핸드폰 관련 기기들은 아이들과 한 몸이나 다름없다. 아이들은 너나 할 것 없이 핸드폰이나 에어팟을 잃어버리면 엄청난 분리 불안을 느낀다.

그래서 정확히 말했어야 했다. '내가 가져갔다'고 말했더라면 그냥 작은 해프닝으로 끝이 났을 것이다. 내 뼛속에 박혀 있는 충청도식 비유법, 또는 중의법은 아이들에게는 잘 통하지 않는다. 아이들이 변한 것이 아니라 세상이 변했다. 어떤 상황에서든 자기 생각을 굳이 숨기려고 하지 않으므로 다른 사람의 말도 직설적으로 받아들인다.

그리고 정당하지 않은 이유로 야단을 치면 안 된다. 녀석은 '교실에 놔두면 가져가란 얘기지!'라는 말을 '네 잘못이다!'로 알아들은 것이다. 스스로 인정할 수 없는 잘못으로 싫은 소리를 들으면 아이들은 곧바로 싫은 티를 낸다. 멘털이 더 강하면 농으로 받아치겠지만 그런 아이들은 흔치 않다.

다음 날,

"어제 많이 놀랐니? 쌤이 너무 놀래켰나 봐."

"네……."

엷은 미소가 녀석의 입가에 걸리는 것을 보니 그제서야 마음이 풀린다.

산행의 추억 꺼내보기

우연히 우리반 아이들과 광덕산에 갈 기회가 생겼다. 고등학생들은 산에 가는 것을 싫어하는 것이 보통이다. 농담으로 '산에 갈까?' 하고 얘기한 적은 있지만 실제로 함께 가본 적은 거의 없다. 그런데 아주 우연히 태현이와 광덕산을 가게 되었다.

"올해도 사진 찍기 할까?"

해마다 담임 반 아이들의 사진을 한 장씩 찍어줘 왔다. 하지만 올해는 작년에 같은 반이어서 이미 한 번씩 사진을 찍었던 친구들이 22명이나 되고, 또 고3이라서 혹시 마음의 여유가 없을 수도 있다고 생각되었기 때문에 던진 질문이었다. 그런데 태현이가 하지 말자고 한다. 작년에 옆 반이었는데 의외다.

"왜?"

"그거 산에 올라가는 거잖아요? 힘들어요."

사진을 찍기 위해 학교 옆 동산에 올라가기도 했었다. 아마 태현이는 그걸 봤던 모양이다. 갑자기 장난기가 발동했다.

"아~ 그럼 넌 동산 말고 광덕산에 가자는 얘기구나?"

"네! 맞아요." 태현이를 제외한 모든 아이들의 대답이었다. 아이들도 장난기가 발동한 것이다.

말이 씨가 되고, 장난이 사실이 되어 우여곡절 끝에 태현이와 광덕산에 가게 되었고 광범위한 대인관계를 자랑하는 태현이의 SNS망을 통해 동네방네 소문이 퍼졌다. 월요일날 출근을 했더니 각 반마다 반응이 상당하다.

"선생님 저희도 광덕산 가고 싶어요."

체육과 지망생 준수와 창현이다. 난 당연히 환영이다. 출발 전날 정현이도 같이 가고 싶다는 연락이 왔다. 그래서 네 명의 산행팀이 꾸려졌다.

어느 코스로 가볼까? 계속 운동을 하고 있는 체육과 지망생들이니 체력은 끄떡없으리라 생각되었으므로 욕심을 좀 내보기로 했다. 비교적 완만하지만 광덕산에서 가장 긴 코스로 잡았다. 중간에 이마당이나 장군바위, 그것도 힘들면 임도에서 절골로 내려오는 길도 있으므로 가다가 혹시 힘들면 코스를 줄이고 내려올 수도 있다. 나는 이 코스를 여러 번 탔지만 완주를 못하고 도중에 내려온 적이 많았다. 항상 아내와 함께 갔었는데 장군바위만 가면 그냥 내려가자고 졸랐기 때문이다. 오늘은 든든한 파트너들이 있어서 성공할 수 있었다. 지친 기색이 역력했지만 '남자는 정상!'을 외치면서 끝내 완주를 해냈다.

뜻을 나누고 함께하는 것은 행복한 일이다. 하산 국밥을 함께 먹으면서 아이들에게서 뿜어져 나오는 성취감을 본다. 나도 아이들 덕분에 이 코스를 완주했으니 성취감이 아이들 못지않다. 훗날 때때로 오늘의 추억을 꺼내어 보면 틀림없이 삶의 큰 에너지가 되리라.

마음의 양식은 멀고, 달콤한 입맛의 유혹은 가깝다

교무실 문 앞에서 우리 반 친구 둘이 머리를 빼꼼 내밀고 뭐라고 말을 하는데 잘 들리질 않는다. 고사 출제 기간이라서 교무실에 들어올 수 없기 때문에 문 밖에서 얘기를 하기 때문이다. 나가 봤더니 멋쩍어 하면서 하는 말이,

"아이스크림 먹고 싶어요."

"안 되는 거 알잖니?"

"11반 먹는 것이 너무 맛있어 보여서요"

아하, 아까 11반 담임쌤이 '냉장고에 아이스크림을 넣어 놨으니 드시라'고 했던 말이 생각났다. '이겨서 턱하시는 거냐'고 묻

고 '난 안 먹겠다'고 농담을 했었다. 우리 반을 이겼으니까. 담임 쌤들에게 쏜 것으로만 생각했지 학급 아이들에게 사줬다는 생각은 하지 않았다. 김영란법 이후로 담임이 아이들에게 먹을 것을 사 주는 풍경이 사라졌으므로.

꽤 오랜만에 느껴보는 난감함이다. 그런데 예전과는 느낌이 많이 다르다. 예전에는 아이들의 당돌함 때문에 난감했었다. 사실 불쾌감이 약간 더해진 난감함이었다. 내 성격 탓이겠지만 이상하게 아이들이 뭘 사달라고 조르면 기분이 그다지 좋지 않았다. 기분 좋게 사는 술 같은 것이 아니라 뭔가 엮어서 어쩔 수 없이 술을 내는 것 같은 느낌이랄까?

그런데 지금은 그때와는 완전히 다른 난감함이다. 김영란법 덕분에 스승의 날이 편해졌고, 먹을 것을 사달라고 조르는 아이들 때문에 난감할 일도 없어졌다. 아이들도, 교사도 서로 편해졌으니 잘 만들어진 법이다. 그런데 오늘은 무슨 바람이 불어서 아이들이 조르는 것일까?

점심시간에 학급 대항 축구 경기가 있었고 아홉 명의 선수들이 유월 뙤약볕 아래에서 열심히 공을 다퉜다. 비록 졌지만 시원

한 아이스크림이 생각났음 직하다. 경기가 끝나고 얼굴이 벌게져서 헐떡대는 아이들을 보면서 마음의 동요가 없지 않았지만 참았다. 아이들도 마찬가지였다. 그런데 11반이 금기(?)를 깬 것이다. 11반이 아이스크림을 먹지 않았다면 우리반 아이들도 졸랐을 리가 없다. 11반은 '학급 운영비'가 남아 있었지만 우리반은 그 돈으로 이미 몽땅 책을 샀다. 아이들도 잘 알고 있었으므로 갈증을 참고 있었는데 11반이 방아쇠를 당겼다. 상대적 박탈감은 정말 무섭다. 소식을 듣자마자 전후 사정은 따질 것도 없이 아이들이 달려온 것이다.

사실 이런 때 쓰라는 취지로 '학급운영비'라는 예산이 만들어졌다. 그런데 나는 '사 먹어 버리는' 것이 너무 아깝다. 애써 만든 예산으로 아이스크림이나 사 먹는단 말인가! 그래서 책을 산 것이다. 아이들이 각자 보고 싶은 책을 신청하면 사서 교실에 놓고 1년 동안 돌려 본다. 틈틈이 읽어서 마음을 살찌우고, 생기부에도 활용하고, 학년말에 자기가 신청한 책은 가지고 간다. 내 생각엔 적어도 '일거삼득'인데 아이들이 썩 좋아하지 않는다. 마음이 살찌는 것은 멀고, 달콤한 입맛의 유혹은 아주 가깝다.

수능 후 고3

‘교외체험학습계획서’가 이게 뭐냐 인마!

왜요?

6하 원칙! 언제, 어디서, 무엇을, 어떻게, 왜!

28일 날 현대자동차 간다니까요.

시간대별로 자세하게 써야지. 칸이 이렇게 많이 남잖아.

까다롭네요.

교감쌤이 만만치 않아.

형식주의 아닌가요?

그런 감이 없지는 않은데, 그래도 어쩔 수가 없다. (결재 반려를 당할까 봐 자꾸 자기검열을 하게 되는데 솔직히 쪽팔려 죽겠다.)

됐죠, 선생님, 완벽하죠?

어디 보자. 쬐끔 낫네. 보고서 쓸 것도 잘 생각해 둬라. 얼굴 나오는 사진 붙여야 하는 거 잊지 말고.

〈일주일 뒤〉

쌤, 저 체험학습 신청서 주세요.

그래라, 근데 어제까지 다녀온 체험학습 보고서 먼저 내야지.

냈잖아요.

사진을 안 냈잖아.

내일 보내 드릴게요.

지금 보내 인마, 핸드폰에 있을 거 아냐.

없어요.

헐……. 그래서 보고서를 낼 수 있게 계획서를 쓰라고 얘기 했잖아!

어떻게든 해볼게요.

계획서는 내일 줄게, 사진 받고 나서.

미리 주시면 안 돼요?

응, 안 돼.

왜요?

그럼 화끈하게 미인정 결석으로 가자, 너 내일 안 낼 거잖아.

저 직업군인 하려는 거 아시잖아요.

그러니까 보고서 꼭 내야지.

쌤 참 빡빡하시네. 뒷돈 좀 찔러드리면 안 되나요?

그래? 한 번 찔러줘 봐 그럼.

에이, 선생님두 참, 저희 집 돈 없어요. 그래서 알바 하잖아요.

무슨 소리야 야구 선수도 키우는 집안인데.

여튼 선생님 때문에 저 정신적 충격이 커요.

오~ 그렇겠다. 그런데 쌤은 너 때문에 화가 나.

에이~ 쌤 한 마디도 안 지시네요.

네가 안 지는 거지!

경계 알아차리기

불편하다.

'불안하다'가 맞나? 불쑥 끼어들어서 얘기를 해야 할 것 같은 순간도 한두 번 있었다.

며칠 전 반장이 회의를 하겠다고 했다. 핸드폰 문제랑 청소 문제를 이야기하겠다고 한다. 나도 신경이 쓰이는 문제였기 때문에 기특하다 싶었다. 그런데 막상 회의가 시작되자 이야기가 이상하게 흘러갔다. 의자를 올리지 말자는 얘기가 먼저 나온다. 위험하단다. 이건 뭐지?

청소 시간에 책상을 뒤로 밀어야 하는데 의자를 책상 위에 올리지 않아서 청소 당번들이 두 번 일을 해야 했다. 가장 궂은 일인 교실 청소를 스스로 선택한 아이들이다. 가끔 아이들과 같이 해보면 꽤 불편하다. 그래서 모두 의자를 올려서 밀어 놓고 나가라고 부탁했었다. 그러니까 이건 내 정책인 셈이다. 알량한 권력이라고 도전받는 느낌?

핸드폰 사용하다 적발될 경우 처벌(?)도 주제다. 몇 번 적발되면 자율 반납하자는 등 얘기가 오가더니 벌금을 내는 것으로 결론을 내린다. 가지고 있는 것을 허용하는 대신에 만약 한 사람이라도 수업 중에 쓰다가 걸리면 바로 걷는 것으로 바꾸겠다고 했었다. 학교 교칙은 여전히 핸드폰을 걷는 것인데 우리반은 걷지 않고 있다. 이것 역시 내 정책에 정면으로 반대하는 것이나 다름없다.

생일파티도 한단다. 좋다. 그런데 롤링페이퍼를 하잔다. 내가 하고 있는 것은 뭐지? 생일이 된 아이에게 사진과 함께 롤링페이퍼를 만들어 주고 있다. 롤링페이퍼를 하려면 종이를 돌려야 하기 때문에 카톡으로 쓴 다음 편집을 한다. 코로나 상황이라 나름 신경을 써서 고안해 낸 방법이다. 공치사를 좀 하자면 카톡으로 받고 캡처해서 편집을 하려면 시간과 정성이 꽤 필요한 일이다. 아이들에게 그동안 내가 해왔던 것은 '롤링페이퍼'가 아닌 것인가? 그렇게 생각하니 생각이 스스로 앞질러 가서 '사진 찍기를 불편해 하는 것은 아닐까?' 하는 데까지 미친다.

학급운영비(예산으로 잡혀있는)에 대해서도 이야기하겠다고 한다. 몇 해 전 학급 운영비를 예산으로 책정하는 '선진'학교가 등장하더니 하나둘 따라 하기 시작해서 이젠 필수 예산처럼 변했다. 그런데 그것이 참 재미있다. 담임이 학급 운영에 재량껏 쓰라고 만들어진 예산이지만 탄생한 지 얼마 되지도 않아서 '아이들 것'으로 변했다. 아이들은 당연하게 '그 돈으로 무엇을 사 먹자'고 요구하는데 마치 '내 것을 내 놓으라'고 하는 것만 같다.

민주주의는 그렇게 성장해왔으니 이것도 그런 과정 가운데 하나일까? 그런데 편한 쪽, 안 하는 쪽으로 결론이 났다. 의자 올리는 문제나 핸드폰에 대한 해결책이 그렇다. 둘 다 하지 않는 것으로 결론이 난 것이다. 특히 핸드폰 문제는 벌금을 불사하더라도 손에서 놓지는 않겠다는 의지를 합법화한 것이다.

대중은 항상 옳지는 않다. 아이들이 그렇다기보다는 세상이 그렇다. 현상과 본질이 따로 떨어져 있지 않고 하나로 드러난다. 내 생각이 그렇다면 내 행동도 그대로 표현되는 것이다. '옳은 것'과 '이로운 것'이 내적으로 갈등하고 이성적으로 '옳은 것'을 선택하는 것은 이미 지나간 상식이다. '이로운 것=옳은 것'이 되어 거침없이 표현이 된다.

생각이 좀 필요하다. 올해도 아이들은 새롭게 바뀐 '이해'와 '지도'의 경계를 나에게 어서 알아차리라고 재촉하고 있다.

II

강아지가 아파서 학교에 못 가요

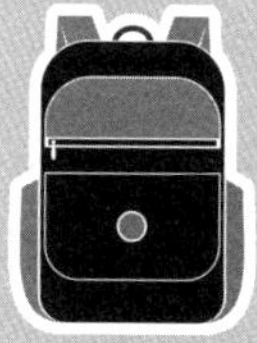

개천절이 뭐예요?

선생님~ 개천절이 뭐예요?

엥? 개천절을 모른다구?

농담이려니 했다.

누구 아는 사람이 대답 좀 해 줘라.

개천에서 용 난 날이요!

준형이다. 세계지리 만점을 받은.

…….

예림이는 알겠지?

생각이 안 나요……. 멋쩍은 표정.

그럼 지혜가 좀 얘기해 봐라.

빙그레…….

그럼 우리 반에서 아는 사람이 한 명도 없단 말이야 진짜?

묵묵부답

단군왕검이 고조선을 세운 날이요!

손 빠른 수혁이가 재빨리 검색을 했다.

그런 날이 있었어?

현식이다.

난 솔직히 고조선이 신화라고 생각해.

운섭이의 시크한 반응.

오호! 역사적 근거가 없는 신화에 불과하니까 기념일이 되면 안 된다는 얘기지?

예~!

당연하다는 표현으로 말꼬리가 올라갔다 내려온다.

그럼 휴일에서 빼야 되겠네?

앗! 그건 아니죠. 다시 연구해서 정확한 날을 찾아야죠.

말꼬리가 내려간다.

10월 3일이 그날이야, 연구해서 찾은 가장 가까운 날.

그럼 그냥 둬야겠네요.

따지지 말고 그냥 놀자는 얘기구나. 청와대 게시판에 글 올려야겠다. 아무 의미도 없는 개천절 공휴일에서 빼자고.

안 돼요, 이제라도 알게 되었으니 됐잖아요.

말은 된다.

어디서 잘못된 것일까?

아니지,

이게 왜 잘못이지?

제가 하고 싶은 것을 하래요

급기야 어머니가 울음을 터뜨렸다. 시험 첫날 학교에 가지 않겠다면서 아들이 '죽어 버리겠다'고 소리를 쳤다는 대목에서다. '죽어버리겠다'는 말은 자식이 할 수 있는 가장 잔인한 비수다. 전화 건너로 막막함, 절망감, 무력감이 고스란히 전해와서 가슴이 너무 아프다. 뾰족한 대책이 없어서 답답하고, 어머니가 너무 여려서 더 가슴이 아프다. 학교에서 뭘 해줬느냐고 따지는 학부모들이 수두룩한 세상이다. 차라리 따져 묻기라도 하면 방어하느라 열받을 텐데…….

어머니는 항상 자신을 자책한다. 정확히 말하면 언제나 이성적으로 아이를 설득하고 있다는 말을 나에게 한다. 얘기를 듣다 보면 마음이 허약해서 갈피를 못 잡는 아이에게는 오히려 '약간의' 강제가 필요하지 않나 싶은 생각도 든다. 그렇지 않아도 심약하고 자기 결정을 못하는 아이에게 정신 차리지 않으면 안 되는 이유를 논리 정연하게 설명해 봐야 아이는 암담한 미래를 더욱 걱정하고 겁에 질리게 될 가능성이 크다. 죽어 버리겠다는 말은 반발이 아니라 절망감을 처절하게 표현한 것일지도 모른다.

"마음이 아픈 아이들이 많잖아요"

교육과정 평가회에서 각 학년부장들이 공통적으로 한 말이다. 1년 동안 추진한 일을 돌아보는 자리에서 각 학년부장들은 모두 마음이 아픈 아이들을 어루만지는 일을 학년의 중요한 사업 가운데 하나로 언급했다. 과거에는 볼 수 없었던 장면이었다. 한 개 학년이 아니라 세 개 학년이 공통적으로 고민을 하는 장면에서 트렌드를 느꼈다. 왜 이런 트렌드가 생겼을까?

마음이 아픈 이유는 다양하지만 상당 부분은 가정 문제가 바탕이 된다. 그렇다면 가정이 불안정해진다는 뜻인가? 그런 측면도 있지만 마음의 병을 드러내고 호소하는 것을 크게 어려워 하지 않는 분위기와도 관련이 있어 보인다. 특수교과 선생님에게 물었던 적이 있었는데, 그분은 진단술이 진보한 것도 원인이 아닐까 생각한다고 말했다. 문득 프로이트 심리학의 한계가 드러나고 있는 것은 아닌지 생각이 들 때도 있다. 원인은 때로 나에게도 있다. 법륜스님 강의가 인기 있는 이유를 되새겨볼 필요도 있다. 외부에서 원인을 찾으면 마음은 편할 수 있을지 모르지만 회피의 빌미가 되어 해결을 더욱 어렵게 할 수도 있다. 프로이트의 한계라기보다는 정반합의 과정으로 그의 효용성을 뛰어넘는 방법, 또는 가치관이 필요해진 시점이 된 것이다. 아들러 심리학을 풀어 쓴 책『미움받을 용기』가 많은 사람들에게 읽힌 것도 법륜스님의 인기와 일맥상통한다. 사실 미움받을 용기만 있다면 심리적 고통을 훨씬 덜 느낄 수 있다.

요즘 대부분의 부모들은 아이들의 선택권을 존중하고 격려해 주는 것을 당연하게 여긴다. 그래서 부모의 간섭 없이도 자신의 길을 잘 찾아가는 아이들이 많다. 진로 교육을 강화한 것도 원인

일 것이다. 아주 가끔 학생의 생각과 부모님의 요구가 다른 경우도 있기는 하지만 그로 인해 큰 어려움을 겪는 아이는 거의 보지 못했다. 하지만 모든 아이들이 그렇지는 않다. 갈피를 못 잡는 아이들도 꽤 많고, 어떻게 보면 오히려 늘어나는 것도 같다. 상대적 박탈감이라고 할까? 진로 교육이 강화될수록, 주변의 친구들이 일찌감치 방향을 잡아갈수록 갈피를 잡지 못하는 아이들의 조급증은 더욱 심해지는지도 모른다.

"아직 진로를 정하지 못했어요."

상담을 하다 보면 이런 아이들을 종종 만난다. 그런 아이에게 묻는다.

"부모님은 네가 무엇을 하길 원하시니?"

대답은 백발백중 '제가 하고 싶은 것을 하래요'다. 모든 선택권을 자식에게 주는 개방적인 부모님이다. 하지만 아이의 입장에서는 '하고 싶은 것이 없는데, 하고 싶은 것을 해야 하는 것'이다.

'행복은 성적순이 아니'라고 애써 말해야만 했던 시절이 있었다. 그즈음 '부모'와 '강요'는 아주 비슷한 말이었다. 그때 그 정서를 고스란히 기억하고 있는 세대가 지금의 부모 세대이다. 그래서 아이들에게는 '강요'를 하지 않겠다는 생각이 깊이 각인되어 있는 것 같다. 그러나 부모라면 적어도 길 안내는 해야 하지 않을까 싶다. '아이의 의사를 존중하다'와 '내맡기다'를 구별해야 한다. 무엇을 해야 할지 잘 모르는 것은 청소년기의 특징이고, 어쩌면 당연한 것이다.

태래에게 배우다

"태래가 저렇게 노래를 잘 하는 학생이었어요?"

태래가 고3때 처음 TV에 출연했을 때 우리 학교 대부분 선생님들이 보인 반응이다. 태래는 늘 교실에서 자리를 지키고 있는 '범생이'였기 때문이다. 고3이 되면 예체능 지망생들의 대부분은 오후에 조퇴를 한다. 출결보다는 실기가 당락에 더 큰 영향을 준다고 생각하기 때문에 실기 준비를 위해서 미인정 조퇴를 불사하는 것이다. 그런데 텔레비전에 나올 정도의 '거물'이 조퇴를 한 적이 한 번도 없었으니 놀랄 수밖에.

예체능 지망생의 미인정 조퇴가 당연시되는 분위기에서 태래는 단연 독보적이었다. 학교 수업을 빼먹고 학원에 간 적이 한 번도 없었다. 나를 만난 3학년 때뿐만 아니라 3년 내내 수업을 모두 끝내고 갔고, 주말을 이용했다. 내 교직 인생에서 예체능 모든 분야를 통틀어서 이런 학생은 처음 만났고, 그 뒤로도 만난 적이 없다.

무엇이 태래를 이렇게 남다른 사람으로 만들었을까?

자기 확신이다. 미래의 자신에 대한 확신이 단단하지 않다면 이런 자기 관리가 불가능하다. 한번은 부득이 질병 조퇴를 해야 했는데 너무 망설여서 내가 떠밀다시피 보낸 적이 있다. 대입에 지장이 없다는 것을 잘 알고 있었지만 생기부에 상처가 나는 것을 너무 안타까워했다. 나중에 스타가 되었을 때 개근상을 자랑스럽게 내보이고 싶다는 것이었다.

불확실한 미래를 확실한 미래로 확신하고 준비하기란 말처럼 쉬운 일이 아니다. 학생들 앞에서 '목표를 세우고 열심히 노력하라'고 '공자님 말씀'을 하지만, 솔직히 나부터도 목표를 세우고 그것을 이루기 위해 힘써 노력한 적이 그리 많지 않다. 미래에 대한 확신이 부족하기 때문이다. 미래가 확실하기만 하다면 누구라도 노력할 수 있다. 많은 학생들이 '나는 대통령이 될거야.' 수준의 꿈을 꾸거나, 아니면 현실적인 타협을 해서 목표를 낮춘다. 둘 다 자신을 채찍질하고 담금질하지 않는다는 점에서는 마찬가지다. 목표가 허황되어서도 안 되지만, 지레 포기하는 것은 더욱 바람직하지 않다.

제로베이스원이 스타덤에 오르고 태래가 그 멤버라는 사실을 처음 알았을 때 들었던 생각은 '이런 날이 올 줄 알았다.'였다. 큰소리치는 이유는 태래는 달랐기 때문이다. 태래는 우리반 부반장이었다. 표시를 내지는 않았지만 부반장으로서 늘 조용히 자신의 역할을 잘했다. 내 입장을 대변해주는 것 뿐만이 아니라 때로는, 아니 더 자주는 친구들 편에서 조정자 역할을 하곤 했다. 그래서 우리반 아이들이 두루 태래를 좋아했다.

한번은 이런 일이 있었다. 청소 시간에 쓸기 담당 동훈이에게 잔소리를 했더니 갑자기 골을 내면서 밖으로 나가버린다. 어이가 없어서 불러다 야단을 좀 쳤다. 동훈이는 변명도, 반항도 하지 않고 묵묵부답했다. 다음날 태래가 찾아왔다.

"선생님. 동훈이는 평소에 청소를 잘해요. 하지만 잘하고 있는데 잔소리를 하면 안 하는 아이예요."

'하던 짓도 멍석 펴 놓으면 안 한다.'는 속담이 있다. 동훈이 입장에서는 열심히 청소하고 있는 중인데, 갑자기 담임이 잔소리를 했으니 얼마나 서운했을까? 그런 동훈이를 태래가 부반장으로서, 친구로서 변호를 해준 것이다. 만약 태래가 변호를 해주지 않았다면 동훈이는 내내 '청소도 제대로 하지 않는 반항아'로 내게 인식되었을지도 모른다.

"선생님, 교실에 갖다 놓으신 기타가 부서질까 걱정이예요."

어느날은 태래가 조용히 내게 말했다. 사실 우리반엔 왈짜들이 많아서 충분히 그럴 가능성은 있었다. 그날도 아마 누군가가 과격하게 기타를 쳤을 것이다. 기타를 타악기로 쓰는 녀석들이 종종 있었으니까. 음악 하는 사람으로서 기타가 상할까 봐 걱정하는 마음과, 급우들에 대해 함부로 말하지 않는 신중함을 함께 느낄 수 있었다. 그 마음 씀씀이가 너무 가상하여 내 기타를 선물로 줬다. '선물'이라고 하기엔 너무 싸구려 기타여서 망설이다가 건넸는데 환하게 기뻐해서 내가 오히려 고마웠다.

성실한 학교 생활의 배경에는 먼 미래를 보고 자신을 스스로 통제하는 자세가 바탕에 깔려 있었다. '마시멜로 효과'를 잘 입증한 사례가 바로 태래다. 보장된 마시멜로가 아니라 스스로 만든 '훗날의 스타'라는 불확실한 마시멜로를 차지하기 위해 자신을 통제하고 이미지를 만들어 갔고, 지금도 그 과정 중에 있다. 그래서 앞으로 더욱 높이 날 것이라는 믿음이 있다.

'안 된다'고 생각하면 절대로 되지 않는다. 저절로 되는 것은 세상에 없기 때문이다. 반대로 '된다'고 생각하면 될 '가능성'이 생긴다. 가능성을 현실로 만드는 것은 전적으로 자신의 몫이다.

개떡같이 물으면 개떡같이 답한다

운동장에서 한창 반 대항 축구전이 벌어지고 있다. 지나가다
가 잠깐 구경꾼 사이에 끼어들었다. 응원하는 아이에게 "이게 뭐
니?" 하고 물었더니 "축구요!"로 답한다. 헛김이 빠진다. 하지만
내 질문이 잘못되었음을 금세 깨닫는다. 비슷한 경우가 여러 번
있었으므로. 내 질문 속에는 '어떤 타이틀을 두고 몇 반과 몇 반
이 하는 축구 게임이냐'라는 매우 복잡한 내용이 들어 있었는데
'이게 뭐냐'고 물었으니…….

수업 중에 갑자기 멀리 다른 분단에 앉아 있는 아이에게 말을
거는 녀석이 있었다. 깜짝 놀라 "수업 중에 뭐야!" 하고 야단을

쳤더니 대답이 걸작이다. "할 말이 있어서요."

　수업 중에 말도 없이 일어나서 뒤로 걸어 나가는 녀석에게 "너 뭐하는 거니?" 꾸짖었지만 아이는 천연덕스럽게 "쓰레기 버리고 오려구요."로 답한다.

　학기 초, 특히 1학년 교실에서는 한동안 은근히 신경 쓰이는 씨름을 해야 한다. '수업 중에 뭐야?' 또는 '너 뭐하는 거니?'는 '하지 말라'는 뜻으로 말한 것이다. 하지만 아이들은 모두 '할 말이 있어서요'나 '쓰레기 좀 버리려구요'로 대답한다. 말인 즉 옳다. '왜?'에 중심을 두고 말을 받아들이면 이유를 말해야 하는 것이 옳다. 나는 '수업 중'이라는 '공공성 위반'에 방점을 찍어 '야단을 쳤'지만 녀석은 '뭐야?'라는 '이유를 묻는 질문'에 충실하게 '대답'을 한 것이다.

　아이들 사이에 '인식의 변화가 일어났구나' 싶다. 자기표현과 행동이 자유로워지면서 일어나기 시작한 변화인 것 같다. 표현의 자유가 보장되면서 은유적이고 간접적인 표현보다는 직설적인 표현이 일반화되었다. 현상과 본질이 어느 정도 일치하기 시작한 것이다.

내 생각과 다른 대답이 돌아왔을 때 적잖이 언짢았던 기억이 생생하다. 언짢았던 이유는 잘못된 행동을 바로 멈추기를 기대했지만 엉뚱한 '말대답'이 돌아왔기 때문이다. 그렇다면 아이들은 잘못된 행동을 하고 있는 것일까? 수업 중에 불쑥 자리에서 일어나는 아이들 입장을 생각해 봤다. 초등학교 이래로 조별 학습이나 과제 탐구 같은 활동형 수업을 많이 받아온 아이들이다. 자리를 옮길 때 거리낌이 없어야 하는 수업 방식이다. 한자리에 앉아 있다는 것은 전통적 주입식 교육을 대표한다고 해도 틀린 말이 아니다. 수업 중에 돌아다닌 경험이 풍부한 아이들에게는 여전히 주입식이 많은 고등학교 환경이 낯설 것이다. 자리에 앉으라는 내 말이 아이들의 입장에서는 이상한 요구일 수도 있겠다. 선생님 질문에 답을 했을 뿐인데 선생님이 화를 냈다면 아이 입장에서는 이해할 수 없는 상황일 것이다. 하지만 이해는 할 수 있으되 옳은 행동이라고 인정하기는 어렵다. 표현이 자유롭되 공공 장소에서 지켜야 할 에티켓도 함께 갖춰줬으면 하는 것이 내 바람이다.

다행스러운 것은 정확히 지적하면 대부분의 아이들은 뜻을 받아들인다는 점이다. 이것도 예전과 달라진 점이다. 대책 없이 개기는 '반항기 청소년'이 예전보다 훨씬 적어졌다. 돌팔매를 던지지 않으면 새가 사람에게 다가오듯이 아이들도 억압받지 않으면서 자랐기 때문에 합리적인 판단력을 좀 더 갖게 된 것이다.

이젠 이렇게 말한다.

"수업에 방해가 되니 수업 중엔 돌아다니면 안 된다."
"부득이하다면 사유를 이야기하면 좋겠다."

듣지 않는다, 듣지 못한다, 들을 필요가 없다?

[장면 1]

"선생님! 이 과제 이번 시간 끝나면 내는 건가요?"

순간 말문이 막혔다. 한 번 더 설명할까? 잔소리를 좀 할까? 짧은 순간 망설이다가 쪼그려 앉았다 일어났다를 반복하는 벌을 나에게 내렸다. 바로 전에 칠판 판서에 밑줄까지 치면서 과제 수행 일정을 설명했던 터였다. 그런데 말이 끝나기를 기다리기라도 했다는 듯이 수행 일정을 질문한 것이다. 모두 조용히 내

이야기를 잘 듣는다고 생각했었는데 이 녀석은 눈만 말똥말똥 뜨고 딴 생각을 했다는 얘기다. 지난번 과제도 비슷한 일정으로 진행이 됐었고, 지난주에 이번 과제에 대해 대략적인 설명을 이미 했으니 사실 여러 번 설명을 한 셈이다.

작년에 몇 번 나한테 벌을 내려 봤었는데 제법 효과가 있었다. 드세기로 전교에 소문이 자자했던 우리반 조차도 아이들이 "선생님 잘못했어요." 하면서 나를 말렸었다. 그런데 오늘은 전혀 예상 밖이다. 마치 '선생님이 벌받는 것은 당연하다'는 듯 멀똥멀똥 쳐다만 보면서 제 할 일을 할 뿐이다. 은근히 부아가 치밀어서 녀석을 앞으로 불렀다.

"쌤이 벌을 받고 있는데 너는 아무렇지도 않니?"
"지금이라도 알았으니 다행이잖아요?"
"……"

[장면 2]

　얼마 전에 지리과 후배 교사에게 전해 들은 얘기가 떠올랐다. 시험이 끝나고 아이가 찾아와서 '해발고도'를 '기후요소'라고 답했는데 맞은 것이 아니냐고 따지듯 묻더란다. 어이가 없었지만 꾹 참고 왜 그렇게 생각하느냐고 물었더니 '해발고도에 따라 강수량이 달라지는 것 아니냐'고 되묻더란다. 그렇다고 대답했더니, '그러니까 그게 그거 아니냐'고 말하더라나…….

　개념을 잘 모를 수는 있다. 그러면 질문을 하는 것이 상식이지 따지고 주장할 일은 아니다. 생각하면 앞뒤 잴 것도 없이, 옳은지 그른지 따져볼 것도 없이 그냥 말이 튀어나오고, 발이 움직인다. 1학년이 더 그렇다고 하시는 선생님들이 많은데 확대 해석하면 점점 그런 경향이 짙어지는 것 같다. 그렇다면 이것은 이 시기에 필연적으로 나타나게 된 사회적 현상이라고 봐야 한다.

[장면 3]

결석계를 며칠째 내지 않는 녀석이 있었다. 여러 번 재촉을 했지만 내지 않더니 온라인 수업 주간이 되어 버렸다. 코로나 팬데믹 말미여서 격주로 출석 수업과 온라인 수업을 바꿔가며 수업을 하고 있었다. 월말 출결 마감을 할 수가 없어서 어쩔 수 없이 카톡으로 결석계 파일을 보내고 작성한 다음 사진을 찍어서 보내라고 일렀다. 녀석의 답신이 은근히 마음을 상하게 한다.

"진작 이렇게 하셨어야죠."

그렇게 세상은 바뀌어 가고 있다.

강아지가 아파서 학교에 못 가요

아침 일찍 고은이에게서 문자 메시지가 왔다.

"선생님, 저희 강아지가 오늘 이상하길래 병원에 데려갔더니 큰 병원을 가 보라 해 가지고 오늘밤에 갈지 내일 아침에 갈지 모르겠어서 상황 보고 내일 못 가거나 늦는다거나 갈 수 있다거나 말해 드릴게요 죄송해요."

그러고는 결석했다. 다음 날 아침에 또 메시지가 왔다.

"한두 시간 뒤에 동물병원 가서 검사받는데 각막천공?이었나 라고 들었는데 되게 심한 상태라 하셨어서 수술까지 가야 할 수도 있어서 얼마나 걸릴지 모르겠어요 상황 보고 말해 드릴게요."

"아홉시 넘어서 병원 도착했는데 상담하기까지 대기시간 한 시간 기다리고 나니 안과전문의는 1시에 온다 해서 그때까지 혼자 기다리려다가 엄마가 점심시간에만 잠깐 오셔서 병원 데려다만 주시겠다해서 지금 집가고 한시전에 다시 병원가서 검사 기본 두 시간은 잡아야 한다 해가지고 가기 힘들 거 같아요."

"강아지 검사하고 왔는데 3일동안 계속 안약이랑 가루약 줘야 하는데 안약을 2시간에 한번씩 줘야 하는데 그 한 번 주는데 한 시간씩 걸려서 부모님은 맞벌이인데다가 요즘 더 바쁘시고 외동이라 저빼고 아무도 약을 제때 챙겨줄 사람이 없는데 어쩌죠."

하…… 그러면 앞으로 사흘은 학교에 올 수가 없다는 얘기다.

예전에 있었던 아픈 기억이 떠올랐다. 졸업앨범 분장 사진을 찍는 날이었다. 수업을 들어갔더니 개가 한 마리 교실에 앉아 있었다. 함께 앨범 사진을 찍으려고 데리고 온 것이다. 애완견을 데리고 오지 말라고 전날 얘기까지 했었기 때문에 좀 심하게 야단을 쳐서 데리고 나가도록 했다. 그런데 아이의 표정이 몹시 좋지 않다. 난감과 반항 사이다. 뭔가 말을 다하지 못하는 것도 같은데 끌고 나갈 생각을 안 한다. 화가 나서 교실 밖으로 끌어내기는 했는데 그냥 쫓아낼 수도 없어서 교무실에 데려다 놓도록 했다.

그날 퇴근 무렵이었다. 같은 교무실에서 근무하던 한 선생님이 넌지시 뒷얘기를 전해주셨다. 나 없는 사이에 개 주인인 아이가 교무실에 찾아와서 한바탕 '난리'가 났었단다. 자초지종을 들어보니 내 수업 중에 개를 돌보던 아이는 개 주인이 아니었고, 주인은 옆 반 아이인데 그 시간 교과 선생님이 소위 깐깐한 선생님이어서 '헐렁한' 내 교실로 개를 피신시켰던 것이었다. 어이가 없으면서 자존심도 퍽 상했다. 아이를 부르려고 했더니 상황을 전해준 선생님이 나를 말렸다. 잘 달래서 보냈으니 오늘은 아이를 부르지 말라는 말에서 '난리 상황'이 느껴졌다. 아이가 화를 낸 이유는 내가 개를 '질질 끌고 나갔기 때문'이라고 했다. 어떻게 개에게 그럴 수가 있느냐고 말했단다. 데려오지 말도록 미리 전달했던 것, 내 수업에 개를 보낸 것 등등은 '사랑하는 가족'을 질질 끌고 나간 것을 이해하거나 용서할 수 있는 조건이 전혀 되지 못했다.

나도 예전에 개를 키운 적은 있지만 '개는 식구'라는 생각까지는 하지 못했다. 하지만 내 생각을 고칠 수밖에 없는 사건들이 주변에서 자꾸 일어났다. 형님 댁에서 십 수년을 키운 개가 노환 끝에 세상을 떠났다. 가족회의로 장례식장에서 장례를 치르기로 했단다. 그런데 조카들이 양복을 깨끗하게 차려입고 장례식에 참여하더란다. 장례식장을 이용하는 것을 마지못해 찬성한 형님이 '뭐 그렇게까지 할 필요가 있느냐'고 한마디 했다가 아들들의 거센 반발에 사과를 했다고 전해 들었다. '가족이 세상을 떠났는데 어떻게 예의를 차리지 않느냐?'고 했단다. 나도 솔직히 형님 생각에 동의하지만 듣고 보니 틀린 말도 아니다. 한 집

안에서 십수 년을 동고동락했으니 식구가 당연하지 않은가?

사흘 째 되는 날 아침에 또 고은이에게서 문자 메시지가 왔다.

"쌤 내일도 잠깐 들르는 건 안 될까요 강아지 때메 당분간은
자리를 비우기가 많이 그래서 애가 계속 약 때메 침도 많이 흘
려서 그거도 봐줘야 하고 눈을 긁나 안 긁나도 봐줘야 하고 약
도 두 시간에 한 번 줘야 해서 저바께 봐 줄 사람이 없어요 ㅜ"

벌금을 많이 물려야 합니다

떠들이 A는 오늘도 수업을 시작한 뒤로 내내 떠들어서 여러 차례 주의를 줬다. 매 시간 주변을 아랑곳하지 않고 떠들어서 수업을 방해하곤 한다. 같이 떠든 짝꿍 B에게도 주의를 줬더니 끝까지 안 떠들었다고 우겨대더니 잠깐 사이에 엎어져서 졸고 있다. 떠들거나, 아니면 자야 하는 아이다.

A는 그래도 한참은 집중을 하려고 노력은 한다. 천안의 도시 문제와 해결책을 이야기하는 중인데 가상하게도 발표를 해보겠다고 손을 든다. '환경문제'를 들고, 길에 쓰레기를 버리면 벌금을 많이 매겨야 한다고 해결책을 내놓는다. 일단 천안만의 문제

라고 보기 어려운 일반적인 얘기다. '천안'의 도시문제를 강조했건만……. 어쨌든 발표를 자청한 것만으로 가상하다.

진짜 아쉬운 것은 '벌금을 매기기'를 해결책으로 제시했다는 점이다. '제재보다는 근본적 해결책, 자발성을 고민해 보자'고 과제 시작할 때 얘기했었다. 이 대목에서 떠오르는 데자뷔 같은 것이 있다. 참 이상하게도 '규칙을 잘 지키지 않는' 아이들이 늘 제재를 요청한다는 아이러니다. 자습 시간에 가장 떠드는 녀석이 시끄러워서 자습하기 어려우니 담임선생님이 애들을 잡아달라는 식이다. 반대로 말하면 규칙을 자주 어기는 이유가 제재를 하지 않기 때문인 것이다.

'너는 양심적으로 쓰레기를 버린 적이 없느냐?'고 묻고는, 경찰이 사람들을 졸졸 따라다니면서 버리는지를 감시할 수는 없는 노릇이니 근본적인 해결책은 아닌 것 같다는 말을 덧붙였다. 하지만 또 엉뚱한 대답을 한다. CCTV를 많이 설치해서 감시하면 된단다. 일자리도 늘어서 좋다는 주제와 무관한 말도 덧붙인다. 고1 학생으로서가 아니라 천안시장으로서 해결책을 제시해 보자는 원래 취지를 다시 상기시켰다. 역시 예상을 크게 빗나가지 않는 답이 나온다.

"아랫사람 부려야죠."

권위주의 시절 횡행하던 관료주의가 떠올라 불편한 심기를 드러내고 말았다.

"나쁜 지도자가 되는 좋은 방법이구나."

"……."

구조적인 문제를 인식하고 근본적인 해결책을 찾아가는 고민의 기회가 되기를 당부하는 것으로 마무리를 하면서 기분이 영 찜찜하다. 삶은 호박이 이빨도 안 들어가는 소리 같은 느낌이 들었기 때문이다.

어째서 법을 지키는 범생이로 살 것 같지 않은 아이들이 늘 강한 처벌을 운운하는 것일까? 게다가 '상명하복' 체제까지 들먹이다니……. 생각해 보니 이것도 변화한 교실 풍경 가운데 하나다. 예전에 '노는 아이들'은 '제재의 대상'이었으면 대상이었지 제재를 요청하는 주체는 아니었다. 사실 범생이고 노는 아이고 할 것 없이 학생들이 제재를 요청하는 경우 자체가 드물었다. 너나 할 것 없이 모두 통제의 대상이었으므로 범생이와 문제아가 공유하는 연대감 비슷한 것이 있었던 것이다.

통제가 사라진 학교는 처벌을 운운하지 않아도 큰 문제가 없다. 그래서 소위 '꼴통 죽이는' 녀석들이 줄어들었다. 교칙이 엄격하고 학생을 심하게 통제하던 시절에는 교칙을 어기기 위해서는 꼴통을 죽이지 않으면 안 되었다. 한 마디로 '센 놈'이 되어야 했다. 적당히 교칙을 피하는 수준은 보통 아이들이 하는 일이었고, 교칙을 어긴다는 것은 퇴학이나 정학 등 엄청난 징계를 감수하는 '큰 일'이었다.

학교는 학교 밖 세상을 반영한다. 군사독재 시절 권력에 저항하는 것은 때론 목숨까지 걸어야 하는 위험한 일이었다. 하지만 지금은 '저항'이란 말을 붙이기가 무색하다. 위험을 감수할 필요가 없는 저항은 저항이라고 할 수 없다. 폭력적 제재가 없는 권력에 저항하는 것은 저항이라기 보다는 투정이거나, 때론 억지에 불과하다. 합리적 권력체제에 적응하지 못하는 부류들이 불합리한 권력을 지지하고 그 권력을 알량하게 나눠 받아 기생하기를 선택하는 것이다. 쓰레기를 버린 사람에게 엄청난 벌금을 매긴다면 어쩌면 유튜브에 '안 들키고 쓰레기 버리는 법'을 올려서 돈 버는 놈이 나올 판이다.

처벌은 결국 피할 수만 있다면 무용지물이 되고 만다. 피할 궁리를 하는 사람이 강한 처벌을 주장하는 이유인 것 같다. 법을 잘 지키는 사람은 오히려 강한 처벌이 필요 없다. 처벌보다는 상식에 바탕을 둔 자발성에 더 의미를 두는 것이다. 민주주의의 주인으로 살아가는 자세이다.

낮아진 교무실 문턱

공원에서 엄마와 놀러 나온 네 살배기 아이를 만났다. 아내 가방에 달린 알파카 인형에 관심을 보였다. 호기심 가득한 눈으로 냉큼 다가와서 그게 뭐냐고 묻는 모습이 너무 예뻐서 아내가 선물로 떼어줬다. 자신의 감정을 고스란히 드러내면서 기뻐하는 모습, 그리고 여러 차례 고맙다고 허리 굽혀 인사하는 예의 바름까지도 너무 예쁘다.

이 아이들의 세상이 부럽다. 궁금해도 참거나 잘해봐야 엄마 치마꼬리를 잡고 칭얼대던 것이 옛날 우리 모습이었다면 이 아이는 엄마를 조르지도, 낯선 사람 앞에서 망설이지도 않는다. 궁금한 것을 거리낌 없이 묻고, 감정 표현도 참 솔직하다. 기뻐도 기쁜 티를 맘껏 내지 못했던, 심지어는 그것이 예의라는 생각까지 했던 때와 대비가 된다.

학교도 엄청나게 변했다. 내 학창 시절과 비교하면 가히 상전 벽해라고 할 수 있고, 첫 발령 때와 비교해도 얼추 마찬가지다. 가장 눈에 띄는 변화가 교무실에 찾아오는 아이들 모습이 아닌가 싶다.

문턱이 낮아져서 아이들이 자연스럽게 교무실에 오기 시작했을 때 나는 관료주의가 많이 해소되고 권력의 오만한 권위가 무너진 것으로 이해했었다. 그 시기는 군사독재가 끝나고 민주주의가 싹을 틔워가던 때와 대략 일치한다. 그래서 아이들이 교무실에 오는 것을 어려워하지 않는 것이 예뻐 보였었다.

학창 시절을 돌이켜보면 우린 교무실을 어려워하는 차원을 넘어 무서워했었다. 교무실에 들어서는 순간 입이 얼어붙어서 선생님이 묻는 말에 겨우 대답이나 하는 정도였다. 사회를 그대로 반영한 학교 풍경이었다. 사람들은 공공기관이나 대중 시설에서 하나같이 조용히 말하고 떠들지 않았다. 공공장소에서 자신의 아이가 떠들기라도 하면 서둘러 조용히 시키는 것이 부모들의 일반적인 모습이었다. 심지어 아이가 울면 야단치는 풍경도 적지 않았다.

합리주의적 판단에 따른 것이 아니고 강요된 침묵이었다. 그러니까 모두들 주눅이 들어 있었던 것이다. 아마 일제 강점기 때, 어쩌면 그 이전 봉건시대에 만들어졌을지도 모르는 이러한 분위기는 권위주의 시절에도 여전했었다. '공중도덕'이라는 말을 흔히 들을 수 있었는데 '정숙', '조용히' 같은 구호들이 공중도덕의 대명사와 같았다. 권위주의 시대에 그 말은 곧 '독재 권력에 굴종하는 행위'라는 뜻이 되었다. 이제 그것을 떨쳐버린 아이들의 세상이다. 하지만 아쉬운 점이 없지는 않다.

편안하게 오는 수준을 넘어 교무실이 길거리인 것 마냥 거침없이 떠드는 아이들이 꽤 많다. 분명 선생님에게 볼 일이 있어서 왔을 텐데 저희들끼리 떠드는 모습을 보노라면 마치 잡담할 곳을 찾아온 것만 같다. 권위주의에 주눅들어 살던 우리 세대의 반작용이라는 생각이 든다. 자식들만큼은 주눅들지 않고 살게 하고 싶었던 부모들은 아이들의 자유로운 자기표현을 의도적으로

북돋웠다. 공공장소에서 '맘껏' 떠드는 것을 허용하고, 심지어 격려하는 풍경도 적지 않았다. 학교의 책임도 있다. 원칙을 지키려다 민원에 시달린 전설이 어느 학교에서도 흔하다 보니 갈등을 피하는 적응 전략이 일반화되었다.

공공의 이익을 위배하는 것과 주눅들지 않는 것은 분명히 다르다. 개성을 맘껏 발휘하되 기본적인 사회적 약속은 지켜야 한다. 네 살배기 아이의 해맑음이 평생토록 지켜지려면 상식이 통하는 사회가 되어야 한다.

꼰대짓이 필요할지도 모른다

나만 그런가, 수업 중에 칠판 앞에 서 있는 내 뒤로 지나가는 아이들이 이상한 것이? 꼰대 짓인지, 아닌지 헷갈린다. 언제부터인가 아이들이 수업 중에도 아무렇지도 않게 내 뒤로 지나간다. 화장실을 다녀오겠다고 얘기한 녀석이 앞으로 걸어 나와서 내 뒤로 지나간다. 수업에 늦게 들어온 녀석이 자리를 찾아갈 때 내 뒤로 지나가기도 한다. 슬쩍 막아서면 밀고라도 지나갈 기세다. 얼마 전에 아내한테 그 얘기를 했더니 아내는 내가 이상하다고 말했다. 빠른 길로 지나가는 건데 뭐가 어떠냐는 것이다. 그 이야기를 들은 이후 더 혼란이 생겼다.

　하루는 작정하고 아이에게 물었다. 시험 전이라 자습을 하고 있던 중이었다. 한 아이가 말없이 내 뒤를 지나 뭔가를 가지러 간다. 얼른 교탁을 움직여서 앞으로 지나갈 공간을 넓혀 놓고 등 뒤에 지나갈 공간을 없앴다. 아니나 다를까 돌아오는 길에도 내 등 뒤를 파고 들려고 하더니, 잠깐 망설이다가 마지못해 넓어진 교탁 앞길을 지나간다. 자리에 앉기를 기다렸다가 물었다.

　"궁금해서 묻는 거니까 솔직히 답해 줘. 나는 수업이 시작되면 칠판 앞은 선생님의 무대라고 생각한다. 내 등 뒤로 지나가는 것은 연극이 시작됐는데 무대 위에 있는 배우 뒤로 지나가는 것과 같다고 생각해. 네 생각은 어떻니? 다시 말하는데 너를 질책하기 위한 것이 아니고, 진짜 궁금해서 묻는 거다."

　아이의 대답이 더 나를 당황하게 한다.

　"지나갈 데가 없어서요."

이 논리를 반박하려면 '예의'를 들먹일 수밖에 없다. '편리함'이 선택의 가장 큰 이유인 아이를 못마땅해하고 있던 중이므로 '불편함을 감수하라'고 요구하려면 그럴 수밖에 없다. 고리타분한 예의 타령이라니……. 하지만 그것과는 다르다고 애써 말하고 싶다. 이건 '윗사람에 대한 예의'가 아니라 '모두에 대한 예의, 즉 '사회적 약속'이라고 생각하고 싶다.

"수업 중에 여기는 선생님의 공간이니 수업 중에는 내 뒤로 지나가지 말거라."

대부분의 아이들이 수긍을 한다. 그 모습을 보면서 갑자기 깨달음이 왔다. 아하! 이런 것을 제대로 배워본 적이 없었을 수도 있겠구나! 웃어른을 지나칠 때는 앞으로 지나가는 것보다 뒤로 지나가는 것이 우리의 전통 예법이다. 그러니까 선생님 뒤로 지나가는 것을 예의 바른 것으로 이해할 수도 있다.

학교에서 고리타분한 꼰대 소리를 애써 하지 않은 지 꽤 되었다. 개인적 편리함과 사회적 약속을 구별하는, 때로는 사회적 약속을 위해 개인적 편리함을 양보해야 하는 경우도 있다는 말은 '공자님 말씀'에 속한다. 아이들이 이상한 것이 아니라 우리가 그런 아이들을 만들고 있다.

때론 꼰대 짓도 필요하다. 학교가 그런 일을 하지 않으면 누가 그런 일을 하겠는가? 더불어 사는 공동체, 건강한 공동체를 위해서는 법 이상의 약속이 필요한데, 그걸 가르치는 단위가 없다. 학부모는 무조건 아이 편이라고 보면 틀리지 않는다. 학부모가 자기 아이에게 공익을 먼저 가르치기는 쉽지 않다. 학교가 그런 역할을 했었지만, 진학과 취업 교육에 매진한 지가 꽤 되었다. '교육 소비자', '교육 서비스'라는 말이 선진적인 구호가 되어 사교육과 경쟁하는 지경에 이르렀다. 인권위 제재를 받고서야 '서울대 몇 명 입학'을 현수막으로 자랑하는 세태가 사라졌지만 학교는 여전히 '서울대 몇 명'에 집착한다. 하지만 안타깝게도 그럴수록 사교육은 새로운 활로를 찾아 더욱 발전(?)을 거듭해 가고 있다. 이익을 좇는 사교육을 공교육이 잡는다는 것은 불가능하다. 공교육의 목적은 '이윤'이 아니기 때문이다.

우리가 입버릇처럼 말하는 '잘하는 것을 잘하게 하는 교육'을 교육시스템에 적용해 보면 사교육은 입시교육을 더 잘한다. 더욱이 AI 시대가 현실화하면서 교사 무용론까지 떠오르고 있다. 지식의 양으로 보면 AI가 교사보다 훨씬 낫다. 게다가 아무 때나 편한 말로 질문하고 답을 얻을 수 있다.

그렇다면 공교육이 갈 방향은 명확해진다. 바로 꼰대짓이다. 사교육이 넘보지 않는 부분, AI가 넘볼 수 없는 부분이다. 아이들의 사회화를 도와주는 역할은 공교육만이 할 수 있다.

존재감이 뿜뿜한 아이들

"어디선가 누군가에 무슨 일이 생기면, 짜짜짜짜짜 짱가 엄
청난 기운이 틀림없이 틀림없이 나타난다."

어느 날 운동장에서 플라잉 디스크 연습을 하고 있는 미람이
를 발견했다. 대회에 나가기 위해 학교 대표 선수들이 연습하고
있는 중이었다. "얌마, 너는 왜 거기 있어?" 의아해서 물었더니
"저 선수예요."라고 답한다. 어릴 적 만화 주제가가 난데없이 떠
올랐다. 미람이는 학교에서 벌어지는 모든 행사에 나타난다. 나
타나는 것이 아니라 늘 주도적인 역할을 하곤 했다. '어디선가

누군가에 무슨 일이 생기면' 나타나지만 운동까지 하는 줄은 모르고 있었다. 미람이에게 하루는 24시간이 아니라 30시간은 되는 것 같다.

미람이의 적극성은 남다르다. 짧지 않은 교직 생활 동안 수많은 '인재'들을 만났지만 미람이는 특별하다. 방송부원으로 나와 만났다. 신입생이 노랑머리를 하고 와서 눈길을 끌었다. 소위 '노는 놈'인가 했는데 그쪽과는 전혀 다른 부류임을 금방 알 수 있었다. 한 번쯤은 꼭 해보고 싶어서 중학교 졸업하고 아르바이트로 돈을 모아서 염색을 했다고 했다. 방송반 활동을 아주 열심히, 자기 주도적으로 했다. 기장이 될 때는 선배, 동기들 모두 이의라고는 없는 만장일치였다. 학교 교육계획을 나보다 소상히 꿰고는 방송반 활동을 기획했다. 그러던 중에 학생회장에 관심을 보였다. 나는 내심 안 나서기를 바랐지만 결국 미람이는 학생회장에 출마했다. 나로서는 그나마 다행스러운 것이 러닝메이트 부회장으로 나섰다는 점이었다. 방송반과 학생회를 겸하기 위한 고민의 결과였고, 두 가지 일을 멋지게 해냈다. 부학생회장이 되더니 모든 학교 행사에 더욱 두각을 나타냈다.

플라잉 디스크사건 이후로 또 한번 나를 놀래킨 일이 있었다. 제로베이스원 태래가 모교인 우리학교에 왔을 때였다. 그날 미람이는 영화에서나 봤을 법한 철통 경호를 즉석에서 연출했다. 몰려온 아이들이 교무실 문 앞에 구름같이 진을 치고 있어서 난 감해하고 있던 중이었는데 미람이가 나서서 마치 프로처럼 인파를 헤치고 길을 뚫어 태래를 무사히 돌려보냈다. 미람이는 나대지 않는데도 존재감이 뿜뿜한 묘한 능력을 가지고 있다. 미람이의 이런 능력은 부모나 교사가 시켜서 발휘될 수 있는 수준을 한참 넘어선 것이다.

입학할 때부터 특수교육에 관심을 갖고 있어서 수시로 봉사활동을 하고 착실하게 소양을 갖추어 놓더니, 2학년때부터는 미디어커뮤니케이션에 관심을 갖기 시작했다. 생기부가 이미 빵빵하게 특수교육에 맞춰져 있었지만 양쪽에 모두 합격했고, 고민 끝에 원래 계획했던 진로를 선택했다. 잘하는 것도 많고, 그래서 하고 싶은 것도 많아서 고민인 학생이다. 부모님은 미람이의 선택을 존중하고 격려해 주셨다.

예전에 비해 학생활동이 훨씬 활발해져서 학교에는 스타가 많다. 공부 잘하는 범생이와, 반대로 사고 치는 문제아만이 존재감을 드러내던 시절과는 딴판이다. 체육대회 날이나 축제날 단 하루만 존재감을 드러내는 반짝스타도 사라졌다. 플라잉 디스크로, 분리수거 봉사활동으로, 도서관 관리로, 버스킹 공연으로, 아이들은 각자 자기 존재감을 드러낸다.

대학 입학에 학생활동이 중요해지면서 일어난 변화이다. 정시 비중을 높이자는 의견이 자꾸 고개를 들지만 수시 전형이 고등학교의 풍경을 크게 바꿔온 과정을 지켜봐 온 나는 반대다. 수시 합격생들이 대학에서도 성취도가 높다는 의견에 적극 동의한다. 3년 동안 미리 계획을 세우고 조금씩 준비한 학생은 수능시험을 잘 본 학생보다 나으면 나았지 결코 부족하지 않다는 것을 경험으로 알고 있다. 대입을 위한 면접을 넘어서 훗날 직장생활에서도 청소년기에 활동을 열심히 한 경험은 큰 자산이 될 것이다.

Ⅲ

나도 사람이야, 완벽한 어른은 아니야

나도 사람이야, 완벽한 어른은 아니야

스승의 날을 맞아 전국에서 13명의 선생님들이 모여 노래를 만들고 불렀습니다. 노래 제목은 '들꽃처럼 피고 싶어'입니다. 이 아침, 잔잔한 음악과 함께 하루를 시작하시며 따뜻한 응원의 마음이 전해지길 바랍니다. 오늘도 무탈하고, 선생님께 웃음이 가득한 하루가 되시길 바랍니다. 감사합니다!

스승의 날 받은 메시지다. 젊은 시절 많이 듣던 낱말이 '들꽃'이어서 반갑다. 그런데 반가웠던 마음과 달리 읽자마자 '오늘도 무탈하고'가 거슬린다. 선생님들에게 가장 중요한 것은 '무사히 하루를 잘 보내는 것'인가? 그간 '무사', 또는 '무탈'은 관리자 전용 낱말이었다. 그래서 이런 낱말을 들으면 '떨어지는 가랑잎도 조심'하는 말년 교장이 떠오른다. 학기 말에, 또는 행사가 끝나면 거의 빠짐없이 이 멘트를 듣게 되는데, 들을 때마다 '우리 교육이 추구하는 목표가 무엇일까?' 하는 생각이 들곤 했었다. 교육의 목표가 '무사히 일을 마치는 것'은 분명 아니다. 그 낱말을 젊디젊은 교사의 글에서 보다니……. 떠나는 날까지 아무 일 없기를 바라는 말년 관리자와는 분명 입장이 다를 터이다. '하루하루가 전쟁'이라더니 젊은이들에게 학교는 매일 아무 일 없어야 하는 전쟁터인가?

아침이 두려운 날들 밝은 웃음 뒤에 숨겨둔 한숨

괜찮은 척, 아무 일 없는 척 하루를 시작해

웃으며 건네는 인사 수업 재밌다는 한 마디에

마음 한켠이 환해져 그걸로 충분한 하루야

나도 사람이야 완벽한 어른은 아니야

세상의 빛이 되진 못해도 작은 불꽃은 되고 싶어

나도 사람이야 가끔은 흔들리고 아파

눈부신 별이 되진 못해도 들꽃처럼 피고 싶어

'별이 되진 못해도 들꽃처럼 피고 싶어'

'들꽃'의 주인공이 아이들이 아니고 교사다! 내 젊은 시절의 들꽃은 늘 아이들이었다. 온실 속 화초에 빗댄 낱말이었다. 그런데 이제 교사가 들꽃이 되길 바란다. 교사가 온실 속의 화초는 분명 아니므로 옛날의 들꽃과는 다른 뜻이 된 것이다. '별이 되진 못해도 들꽃처럼 피고 싶다'고 했으므로 '소박한 삶' 정도를 뜻한다고 봐야 할 것 같다. '나도 사람이야'가 반복된다. 내 젊은 시절에 비하면 훨씬 나아졌다고 생각해 왔었는데…….

자연스럽게 생각이 꼬리를 문다. 나는 왜 나아졌다고 생각하는 것일까, 우리 세대는 사람 대접을 받았던가? 돌이켜 보면 사람 대접을 못 받기로는 우리 세대가 훨씬 더 심했던 것 같다. 그러니 나아졌다고 생각하는 것이다. 곰곰이 생각하다 보니 뭔가 '깨달음'이 온다. 예전에는 사람 대접을 해주지 않는 주체가 달랐다. 그때는 권력과 제도가 교사를 사람 대접하지 않았다. 군사

독재권력은 점잖게 '사람 대접'을 요구할 상대가 아니었다. 생계를 건 싸움이 불가피했다. 그래서 아이들에게, 교육의 본질에, 더 매달렸던 것 같다. '불타는'까지는 못되었어도 '사명감'으로 무장을 하려고 노력했다. 그것이 사람 대접하지 않는 권력에 저항하는 방법이었다. 학생과 학부모도 숨죽이며 살아야 하기는 마찬가지였으므로 심정적 동지들이 많았다.

반성과 새로운 실천이 시도되었다. 우리 사회에 뿌리박은 권위주의를 몰아내는 과정과 궤를 같이하는 때였다. 짧지 않은 변화의 시기를 거쳐 국가 권력이 휘두르던 권위주의가 약화되고 민초의 역할과 영향력이 강해졌다. 교사의 교육활동을 제약하던 권력의 횡포도 크게 줄어들었고 교육활동에만 전념할 수 있는 조건이 만들어졌다.

하지만 역설적이게도 권위주의 시대의 교사는 사람 대접을 받지 못하면서 권력의 권위주의를 몸에 익혀 아이들 앞에 군림하였다. 권력이 교사를 사람 대접하지 않을 때 교사 역시 학생을 사람 대접하지 않았던 것이다. 독재권력의 종식은 교사의 지위를 높였지만, 동시에 학생과 학부모 앞에서 국가 권력을 대신하던 교사의 권력을 자연스럽게 약화시켰다. 대신에 학생과 학부모의 권력이 강해졌다. 정확히 말하면 학생과 학부모의 권력이 강해진 것이 아니라 권력이 올바르게 분산된 것이다. 국가가 독점하던 권력이 학생과 학부모, 그리고 교사에게 골고루 나눠진 것이다.

지금은 학부모도, 젊은 교사도 대부분 민주화 세대, 즉 권위주의를 벗어난 이후 세대이다. 더욱이 학생들은 모두 민주화를 과정으로 경험하지 않은, 결과로 받은 세대이다. 이 과정에서 안타깝게도 '교사를 사람 대접하지 않는' 주체가 바뀌는 일종의 부작용이 일어난 것이 아닌가 싶다. 국가 권력이 행사하는 부당한 압력이 사라진 자리를 학생과 학부모의 다양한 요구가 차지하게 된 것이다. 과거 부당한 국가 권력에 대한 저항은 훨씬 힘들었지만 저항의 방향과 내용은 단순했으며, 따라서 교사를 단결하도록 했다. 하지만 지금은 학생과 학부모의 요구가 매우 다양하고 복잡하여 대응도 개별화되는 경우가 많다. '오늘도 무탈하기를' 기대하는 것이 당연한 상황이 된 것이다.

집중된 권력이 골고루 나누어지는 과정에서 필연적으로 발생하는 일시적인 반작용이리라. 정반합의 조정 과정을 거쳐 학생·학부모·교사가 평등하게 조화를 이루는 세상이 올 것이라고 믿는다. 고루 나누고 서로 존중한다면 사람 대접하지 않는 일은 없어질 것이다.

"엄청 바쁜데 왜 보람이 없을까요?"

아침부터 아이들이 찾아온다.

조퇴증, 체험학습 신청서나 보고서, 결석계 등등을 받으러 온다. 줄을 서 있는 녀석들에게 조퇴증에 날인해 주고, 서식을 꺼내 준다. 오늘 아침엔 손님이 아홉 명, 유난히 많다. 체험학습 보고서나 결석계를 내러 오는 아이들도 있다. 지난주에 체험학습 보고서를 낸 아이들이 아홉 명, 지지난주에 내고 아직 보고서를 안 낸 녀석도 셋이다. 그래서 제 발로 걸어와서 내는 녀석들은 고맙다. 체험학습 보고서와 덧붙일 사진을 다 받으려면 같은 소리를 아이들 수보다 더 많이 해야 한다.

　다음은 면접이나 실기고사 앞뒤 처리다. 수험표와 시험 날짜가 표시된 문서를 덧붙여서 기안을 하고, 다녀온 녀석들에게는 응시 확인서를 받아서 이미 제출한 문서와 기안문에 덧붙여서 철해 두어야 한다. 지난주 다녀온 녀석이 셋, 둘은 확인서를 냈지만 하나는 내지 않아 또 잔소리를 했다. 목요일날 또 한 명이 실기고사라는데 말만 왔고 아직 서류는 무소식이다. 대면하기도 어려우니 카톡으로 잔소리를 날린다.

　당연히 그것으로 끝이 아니다. 이미 제출한 체험학습신청서 찾아서 보고서와 합치고, 기안문 출력해서 합치고, 사진 첨부물을 출력해서 합친다. 시험이 끝난 직후라서 '성적 확인을 포기한다'는 '각서'도 덧붙여서 철해야 한다. 무려 5페이지 짜리 거창한 문서가 아이들 별로 1개씩 탄생한다.

　다음은 5페이지 짜리 문서를 번호 순, 날짜 순으로 정리한다. 정리해 두지 않으면 월말 처리를 할 때 너무 복잡해서다. 생리결석 같은 한 장짜리 문서는 땡큐다. 진료 확인서가 붙은 병결 문서까지도 그냥 괜찮다. 벌써 두툼한 책 한 권이 탄생했는데 모두 완성이 되면 두툼한 책 두 권은 족히 되겠다.

그다음은 출석부에 옮겨서 정리하고, 다시 교무업무시스템에 입력하고, 또 출력해서 아이들 서명을 받아야 한다. 언제부터 출결 통계 서명을 받게 되었던가? 원인은 말할 필요도 없이 민원 때문이다. 제도화되었다는 것은 그런 일이 많이 있었다는 뜻이다. 그런 생각을 하노라면 또 은근 부아가 나기 때문에 얼른 생각을 지우고 서류 처리에 몰두한다. 월말이 다가오는데 벌써 걱정이다.

체험학습신청서는 또 어떤가? 학습 계획 확인하고, 누적 날짜 확인하고, 스캔한 다음 이것을 덧붙여서 기안을 해야 한다. 이틀 전까지 내 달라고 신신당부를 하지만 많은 아이들이 전날 가져온다. 심지어 하교 직전에 가져와서는 잔소리라도 할라치면 '몰랐어요'라고 답한다. 짐짓 야단을 치기는 하지만 사실은 그러려니 한다. 오늘도 아침에 낸 아홉 명에 뒤늦게 두 명이 더 신청서를 가져와서 무려 11명이다. 서류 정리해서 잘 철해 두어야 보고서 들어오면 헷갈리지 않고 합철을 할 수 있다.

게다가 오늘은 1회고사 '학생답 정오표' 확인을 받으라는 평가계 선생님의 메시지가 왔다. 이것도 큰 일이다. 출력해서 서명을 받는 것은 힘든 일이 아니다. 서른네 명 중에 열두 명이 자리에 없는 것이 문제다. 체험학습 중이거나, 내일 올지 안 올지 알 수 없는 결석 중인 아이들, 이번 주는 코로나 격리 중인 아이까지 둘이나 된다. 녀석들 정오표를 하나하나 사진 찍어서 카톡으로 보낸다. 이상이 없다는 답신이 오면 대신 싸인을 해야 한다. '온라인 확인'이라고 쓰고 내 이름을 쓴 다음 도장을 눌러 찍는다. 내가 뭐하나 싶다. 그나마 바로 답을 해주는 녀석들은 고마울 지경이다. 폰을 손에서 놓지 못하는 녀석들이 어째 이런 답은 하지 않는지 미워하는 마음이 스멀스멀 고개를 든다. 조퇴한 아이들이나 코로나 격리가 끝나는 아이들, 체험학습이 끝나는 아이들 정오표는 따로 모아둔다. 내일 나오면 싸인을 받아야 하니까. 이러다가 내일 깜박하기 십상이다. 나는 못 믿지만 내 건망증은 믿는다.

하루 일곱 시간 중에 수업이 있는 네 시간이 오히려 쉬는 시간만 같다. 옆자리 후배 선생님이 혼잣말인 듯, 질문인 듯 한마디 한다.

"엄청 바쁜데 어째 보람이라곤 없을까요……."

쉽다면 쉽고, 어렵다면 어렵다

"이 일이 제게 맞는 일인지 심각하게 고민하고 있어요."

7년째 공무원으로 일하고 있는 제자 지상이가 한 말이다. 가슴이 아리다. '과감히 때려치우고 새 길을 찾으라'고 격려할 수도, '그래도 안정적인 직장이니 참고 일하라'고 하기도 어렵다. 그리고 덧붙이는 말이,

"선생님은 눈빛이 살아 있어요. 학교 얘기를 하실 때 살아있는 눈빛을 보면 선생님은 교직을 사랑하신다는 것을 느낄 수 있어요. 부럽습니다."

어쩌면 인생을 건 고민을 하는 중인 제자 이야기를 꺼내서 자

랑질을 하려는 것은 아니다. 고등학교를 졸업한 지 10년이 된 지상이 얘기를 들으면서 이 시대 젊은이들의 공통적인 아픔을 느낀다. 그리고 나의 교직을 되돌아본다.

바쁘고 힘든 날이 많다. 그런 날일수록 하루가 빨리 간다. 그렇게 후다닥 일주일이 가고, 한 학기가 가고, 또 1년이 간다. 그런데 놀랍게도 지난날은 아름답다. 아름답기까지는 아니더라도 아쉽고 아련한 기억들이 많다. 하루하루는 힘든데 지난 시간은 아쉽다니, 이 얼마나 놀라운 이율배반인가! 괴로움이 쌓이면 아쉬움, 나아가서는 아련한 기쁨으로 질적 전환이라도 하는 것일까? 시간 간격을 확대해 보면 정년하는 날 지난날이 아름다울 것이며, 더 멀리 가보면 세상을 떠나는 날 그럴 것이다.

그래서 이런 생각을 하게 됐다. '시간아 빨리 가라!'고 고사를 지내면 안 되겠구나. 더불어 깨닫게 되었다. 이 시간이 지나면 뭔가 편안하고 여유로운 날이 올 것만 같지만 내내 비슷한 날이 되풀이된다는 사실을. 그러니까 비슷한 날을 점점 나이가 드는 내가 만나는 것일 뿐이다. 가장 편안하고 여유로운 날은 바로 오늘일 수도 있다. 그런 생각을 했던 것이 대략 사십 대쯤이었다.

마인드 컨트롤을 열심히 하지만 사실 바쁘고 힘든 시간을 즐기기는 쉽지 않다. 그렇지만 적어도 힘든 하루가 빨리 가기를 바라는 마음이나, 월요일 증후군 같은 것은 확실히 줄일 수 있었다.

경력이 늘어나면 학교 업무 가운데 무엇이 힘든 일인지를 저절로 알게 된다. 만나는 일마다 새로운 일이었던 젊은 시절에는 새로운 일을 만나는 호기심이 있었지만, 경력이 쌓이고 직·간접적인 경험이 늘면서 피하고 싶은 일이 생긴다. 그런데 어려운 일을 마음에 정해놓고 피하려다 보면 선택의 폭이 매우 좁아진다. 그러다가 선택하지 않은 일을 만나기라도 하면 1년이 불행해진다. '피할 수 없으면 즐기라'는 말도 있지만 학교의 일이 그렇다. 모든 일이 교육적으로 의미 있는 일이라고 할 수는 없지만, 큰 틀에서 보면 모두 교육이고, 나름 즐길 만한 가치가 있다.

생활지도나 학습지도도 비슷하다. 아이들이 말을 안 듣는다고 생각하면 아이들은 말을 듣지 않는다. 수업이 힘들다고 생각하면 정말로 힘들다. 원효대사 해골 물도, 마법도 아니다. 어려움은 주관적이어서 심리적으로 어렵다고 단정하기는 쉽고, 쉽다고 판단하기는 어렵다. '어렵다'고 단정하면 사고와 행동이 어려움을 증명하는 방향으로 가게 되어 있다.

게다가 목 아프게 수업을 하는 날로 치자면 한 달 내내 몰빵하는 '진검승부의 달'은 의외로 많지 않다. 학교의 1년을 대략 월별로 정리하면 개학-1회고사-소풍·체육대회-2회고사-방학-개학-1회고사-소풍·수학여행-수능-2회고사·축제-졸업이다. 물론 행사 때는 수업 못지않은, 때론 더한 신경을 써야 하지만, '견딜만 하다'고 생각하니 학교 생활이 훨씬 수월했고, 즐거운 일도 많아졌다.

학생의 특기와 적성을 중요시하게 되고, 진로 교육이 강화되었다. 잘하는 일, 좋아하는 일을 자신의 미래 직업으로 고르도록 하려는 것이 진로교육의 취지다. 그런데 대부분의 아이들이 고르는 직업들은 취업에 초점이 맞춰져 있다. 한때 하늘 높은 줄 모르고 치솟던 교육대학 문턱이 초등교사 임용 감축과 함께 급락하고 있는 것이 좋은 예이다. 아이들이 문제가 아니고 취업 시스템이 그렇다. 하지만 취업 문턱을 넘는다고 하더라도 더 큰 문제가 기다리고 있다. 1만 6천여 가지나 된다는 우리나라 직업 중에서 돈도 벌고 보람도 찾을 수 있는 직업은 과연 몇 개나 될까? 보람만을 먹고 살기는 힘들다. 반대로 돈을 많이 벌더라도 보람을 겸비하기는 쉽지 않다.

그러고 보면 교사는 참 좋은 직업이다, 알량한 지식을 뽐내고 잘난 척을 해도 아이들은 잘 속아준다. 가끔씩은 '고맙다'는 인사까지 받으니!

우리는 모두 관종이다

"우리는 모두 관종이다."

방송실 벽에 붙어있는 글귀이다. 지도교사인 내가 붙였고, 동아리 오리엔테이션 때부터 강조하고, 기회가 될 때마다 잔소리를 한다. 관종이 아닌 사람이 어디 있겠는가? 나부터 관종이니까. 방송반에 지원하는 아이들은 대체로 나서고, 주목받기를 즐기는 성격이 많다. 대부분 아이들이 싫어하는 낱말이지만 만나는 날부터 직격탄을 날리고 자꾸 해대니까 익숙해지는 모양이다. 이젠 아이들 스스로 '조용한 관종', '책임을 다하는 관종'으로 자신을 표현하기도 한다. 이런 도발적인 언사를 질러대는 이유는 새삼 깨달은 것이 있기 때문이다.

'직면'

교육학 기본 개념이다. 공자님 말씀처럼 지당한 말이지만 실제로 적용하기는 쉽지 않다. '직면'하려면 '상처 들춰내기', 또는 '상처 주기'를 불사해야 할 때도 있기 때문이다. 방송반을 운영하면서 아이들 간에 일어나는 자잘한 갈등을 여러 차례 보았다. 잘잘못을 가려내기가 어려운 아이들 관계에 자칫 잘못 개입하면 오히려 갈등을 부추길 위험이 있다. 그렇다고 수수방관할 수도 없는 노릇이어서 신경이 많이 쓰였다. 사람이 모여서 활동을 하려면 늘 갈등이 뒤따르기 마련이지만 방송반의 경우는 약간 남다른 면이 있다. 대부분 주목받기를 좋아하는 '관종'이기 때문이다. 그걸 미리 선언해서 공유함으로써 '관종들이 함께 살려면 어떻게 해야 할까?'를 조금이라도 고민하게 해보려는 것이다.

그동안 나는 잔소리를 하기보다는 늘 기다렸던 것 같다. 수업에 들어가서는 좀 소란스럽더라도 수업이 시작되었음을 알고 스스로 입을 다물기를 기다리는 식이다. 하지만 그 결과가 늘 만족스럽지는 않았다. 끝내 눈치를 채지 못하는, 아니, 눈치를 보지 않는 아이가 있으면 그예 참지 못하고 핀잔을 했다. 감정이 실려 있으니 핀잔이다. 핀잔을 하고 나면 기분이 좋지 않다. 당연히 아이도 그럴 것이다.

'좋은 선생님' 소리를 듣고 싶었던 욕심도 그 막연한 기다리기에 한몫을 했다. 하지만 좋은 선생님과 순한 선생님은 같은 말이 아니다. 오히려 엄격히 통제해달라는 범생이들의 요구를 듣기도 했다. 하지만 그런 요구를 들으면 나는 많이 언짢았다. 권위주의에 대한 골수에 박힌 반감은 나를 '통제'라는 낱말에 알레르기를 갖게 만들었던 것 같다. 그런데 더욱 결정적인 문제는 기다리다가 안 고쳐지면 그 녀석을 미워하기 시작했다는 것이다. 표시를 안 내려고 애를 썼지만 내 마음이 그런데 표시가 안 날 리가 없다. 그런 아이들은 내 품을 자꾸 벗어났다. 이쯤 되면 말이 좋아 '기다리기'이지 회피나 방관 쪽은 아니었을까? '기다렸다'는 표현은 지나치게 미화된 말임을 뒤늦게 깨닫는다. 직면하지 못하고 아이들과의 충돌을 회피했던 것이다. 말하지 않는데 어떻게 내 마음을 알겠는가? 어떤 방식으로든 내 생각을 상대에게 드러내야만 사고나 행동의 변화가 일어날 수 있다.

중요한 것은 '어떻게 말하는가'이다. 반드시 말을 해야 한다는 것을 전제로 하는 '어떻게'이다. 내 생각을 정확히 전달하면서 상대방이 속상하지 않게 받아들이도록 하는 말하기, 그것이 '어떻게'의 핵심이다. 다행히도 하다 보니 조금 늘었다. 잔소리도 느는 것이다. 참다 참다 말하면 폭발하도록 되어 있지만 생각날 때 말하면 일상어가 된다.

그리고 지나가는 말처럼 한마디 툭 던지면 안 된다. 내 얘기가 끝나기 무섭게 좀 전에 내가 한 말과 똑같은 내용을 묻는 아이들이 한둘이 아니다. '내일부터 방학이다'라고 말하자마자 '선생님 방학 언제부터예요?'하고 묻는 식이다. 그러니 두 번, 세 번 이야기 하지 않으면 안 된다. 사실을 전달하는 것도 이럴진대 행동의 변화를 도모하려면 어떻겠는가? '때가 되면 알겠지' 하고 막연히 생각하다가는 영원히 그때가 오지 않을 수도 있다.

그래서 지금은 일쑤 잔소리를 한다. 떠날 때가 다 되어서…….

규제하지 않으면 밉지 않다

"선생님 춘추복 언제 입어요?"

봄을 재촉하는 소리다. 빨리 입게 해 달라고 조르는 축은 범생이들이고, 이미 앞서가는 아이들은 춘추복을 꺼내 입은 지 오래다. 봄뿐이 아니라 계절이 바뀔 때마다 아이들에게 아주 많이 듣는 소리다. 늘 앞서가는 아이들은 벌써 다음 계절 교복을 꺼내 입고 다니고 있다. 신기한 것은 앞서가는 아이들은 더위도 먼저 타고, 추위도 먼저 탄다. 사실은 주목쟁이들이라서 그렇다.

그렇게 이해했으면 되련만 교칙이라는 굴레가 있는 한 교사는 그것을 이해해서는 안 되었다.

그러다가 교복과 체육복과 생활복을 마음대로 입을 수 있게 되었다. 춘추복, 하복, 동복 등 교복뿐 아니라 체육복, 생활복 중에 편한 것을 학생들이 스스로 판단해서 아무 때나 입을 수 있게 되었다. 계절을 앞서가는 주목쟁이들의 희소성이 떨어졌다. 이제 주목쟁이들은 슬슬 사복을 입고 다녔다. 사복을 입은 녀석들이 눈에 거슬렸다.

드디어 교복이 완전히 자율화되었다. 교복은 있지만 입고 말고는 아이들이 판단한다. 더불어 파마, 염색도 이젠 학생들의 판단에 맡긴다. 교복을 단정하게 입은 아이가 거꾸로 눈에 띄게 되었다. 누구나 파마, 염색을 할 수 있게 되어서인지 주목쟁이들은 파마도, 염색도 잘 하지 않는다. 오히려 주목쟁이들은 가끔 교복을 단정하게 입고 나타난다. 학생회에서는 교복을 입고 오는 학생들에게 선물을 주는 이벤트도 한다. 노랑머리도, 패션리더도 모두 개성으로 보인다. 미워할 이유가 없으니 아이들이 제대로 보인다.

일제가 가져다 놓은 굴레, 즉 한 세기나 된 굴레가 드디어 풀어진 것이다. 30여 년 전에 일본에 갔을 때 일본 고등학교는 교복이 자율화되어 있어서 부러웠던 기억이 있다. 교복이 정해져 있지만 입고 말고는 학생 판단에 맡기고 있었다. 교복의 뿌리가 일본제국주의인데 그들은 일찌감치 교복의 굴레를 벗어났는데도, 우리는 그 유산을 금과옥조로 받들고 있었던 것이다.

만약 교육적으로 옳다면 오히려 초등학생들에게 강력한 규칙을 적용해야 한다. 법과 규칙의 정당성은 어렸을 적에 체득하는 것이 옳다. 그리고 나이가 들고 판단력이 생길수록 판단의 기회를 자꾸 늘려줘야 한다. 그런데 해방 이후로 우리는 그 반대의 제도를 고수해 왔다. 그 이유는 독재 권력의 자기 유지 본능에서 찾을 수밖에 없다. 초등학교 6년 동안 자유롭던 아이들이 중학생이 되는 순간 교복에 갇히고, 두발 규정의 포로가 되었으니 얼마나 어이없는 일인가?

내 교실은 늘 느슨했다. 머리도, 복장도, 핸드폰도. 나름 거창한 교육적 이유를 가지고 학급을 운영했지만, 그때 나의 자율은 자율이 아니라 일탈이었다. 교칙이라는 단단한 틀은 여전히 꼼짝도 하지 않고 있었으므로. 때때로 다른 선생님들을 불편하게도 하였다. '쟤네 반은 핸드폰 안 걷어요!' 놀라운 정보력을 바탕으로 자신에게 유리한 상대평가를 담임에게 들이대는 학생들이 꼭 있었다. 아마도 옆 반 담임으로서는 참 난감했을 것이다.

규제하지 않으면 아이들뿐만이 아니라 교사도 해방되는 것이다. 까닭 없이 마스크를 쓴 아이가 미웠던 것이 얼마 전이다. 코로나가 유행하기 전에 여학생들 사이에서 마스크가 유행한 적이 있었다. 화장 안 한 연예인들이 쌩얼을 가릴 목적으로 마스크를 쓰고 언론에 노출되었던 것이 유행의 시초였던 것 같다. 마스크를 쓰고 학교에 오면 '노는 아이'로 보였다. 어떤 학생부장은 마스크를 빼앗아 찢어버린다는 얘기도 들은 적이 있다. 그런 와중에 코로나가 왔다. 안 쓰면 안 되는 그때는 기를 쓰고 벗는 반골들이 있었다. 당연히 그때는 안 쓴 아이가 너무 미웠다. 이 얼마나 드라마틱한 인식의 변화인가!

수업 중 스마트기기를 쓸 수 없게 하는 법이 통과되었다는 소식이 들린다. 이 무슨 시대착오적인 결정이란 말인가! 옳지 않은 제도가 생기면 이제 미운 아이가 대량으로 생길 것이다.

존재감이 없어야 잘하는 일

3년째 방송을 담당하고 있다. 정년까지 담임을 하겠다는 '당찬' 꿈도 꿨었지만 현실과 타협을 한 결과다. 막상 담임을 안 하려고 마음을 먹으니 그다음 거취를 정하기가 어려웠다. 바야흐로 학교 최연장자의 반열에 올랐으니 위인설관을 할 판이다. 후배님들 마음 씀씀이가 너무 고마웠지만 뒷방 늙은이로 나앉아서 시간을 때우기는 싫었다. 마침 방송 자리가 비었다. 방송은 학교에서 인기 업무가 아니다. 시종, 행사 등등 자잘한 신경이 많이 쓰이는데 결정적으로 수학능력시험 부담이 크다. 그래서 쉽게 내 차지가 되었다. 뒷방 늙은이가 되고 싶지는 않지만, 그렇다고 중요한 일을 하겠다고 나댈 수도 없는 내 요구에 딱 맞는 일이었다. 기피업종이니 지원하면 생색도 나고, 어지간히 존재감도 누릴 수 있으니까. 기계를 만지는 일을 평소에 좋아해서 또한 겁 없이 나설 수 있었다.

일을 하다 보니 생각했던 것보다 존재감이 대단한 일이었다. 전교에 소리가 나가기 때문이다. 정확히 말하면 소리가 나가기 때문이 아니라 소리가 나가지 않기 때문이다. 방송은 잘 되면 아무런 존재감이 없다. 늘 나던 종소리가 나고, 늘 나던 방송이 나오기 때문에 그걸 방송실에서 조작을 하고 있는지 어쩐지 학생과 교사들은 관심을 갖지 않는다. 방송 담당의 존재감은 방송사고가 나면 금세 뿜뿜해진다. 시종이 울지 않는 일은 방송사고 가운데 다반사에 속한다. 전교생과 전교사가 운동장으로 나가는 소방훈련 때 방송이 나가지 않았던 것이 내 존재감을 만천하에 드날린 대표적인 사고였다. 그런 날은 선생님들이 '고생 많으셨죠?' 하고 인사를 한다. 존재감이 드러나지만 기쁘지는 않다.

교감선생님과 수능을 앞두고 방송 이야기를 나누다가 그런 농담을 한 적이 있다. 존재감이 드러나면 큰일 나는 것이 방송이라고, 존재감이 전혀 없이 수능이 끝나야 업무를 잘한 것이라고. 교감선생님이 맞장구를 치면서 덧붙이신다.

"교감도 그래요^^"

학교가 정상적으로 잘 돌아가면 교감의 존재감이 크게 드러나지 않는다는 뜻이다. 겸손의 말씀이지만 듣고 보니 그런 측면도 없지 않다. 관리자가 섣부르게 무언가를 도모하다가 불협화음을 일으키는 경우가 적잖이 있다. 학교는 사람이 일을 하는 곳이라서 구성원을 믿고 적절하게 내맡길 때 원활하게 돌아간다.

핀란드 교육정책이 떠오른다. 핀란드의 교육정책은 '정책하지 않는 것'이라고 표현한 글을 본적이 있다. 아무런 일을 하지 않는다는 뜻은 당연히 아니다. 교육과 관련된 결정권을 최대한 학교에 주고, 지방자치단체나 중앙정부차원의 정책은 최소화하는 것이다. 핀란드에서는 1990년에 이미 장학·감사 제도가 폐지되었다. 학교에서도 결정권을 학생·학부모·교사에게 줘 3주체가 상호 신뢰를 바탕으로 함께 교육 방향을 잡아가고 있다. 세계 최고의 성취도를 자랑하는 핀란드 교육은 구성원들이 서로 존재감을 드러내지 않으려고 노력함으로써 만들어졌다고 볼 수 있다.

　특별한 일이 없어도 매일 같이 방송실에 들르는 것은 존재감을 드러내지 않기 위해서이다. 열심히 일할수록 존재감이 드러나지 않는 일, 내 교직 인생의 마지막 업무로 정말 잘 골랐다.

민청눌언(敏聽訥言)

3월은 춥다. 2월 말이면 미디어들은 성급하게 봄을 불러대지만, 학교의 3월은 여전히 춥다. 새 학기가 시작되기 때문이다. 학교의 새 학기는 많은 것이 새롭게 시작되는데 모르긴 하지만 일반 직장과는 다른 점이 많다. 일하는 부서와 업무가 바뀌는 것은 다른 직장도 비슷하겠지만, 학교는 해마다 담임 반이 바뀌고, 담당 교과도 바뀌며, 무엇보다 아이들은 어김없이 1/3씩 바뀐다. 해마다 구성원이 30% 정도 바뀌는 것도 또한 학교의 특징이다. 이처럼 모든 것이 낯설기만 한 3월의 불확실성이 3월을 춥게 느끼도록 하는 것 같다. 게다가 전보로 이동을 하게 되면 동료까지다 바뀐다. 그래서 새 학교는 더 춥다.

공립학교는 체계가 학교별로 거기서 거기 같지만 분위기가 조금씩 다르다. 구성원이 다르고, 부서 조직도 다르고, 무엇보다 아이들이 다르다. 그것이 묘한 전통 비슷한 것이 되어 각기 다른 분위기를 만들어낸다. 그래서 학교를 옮기면 적응하는 데 시간이 좀 걸린다. 내 경험으로는 한 학기 정도 걸리는 것 같다. 전에 근무하던 학교에 대한 기억이 장점으로만 느껴지지 않을 때쯤이 대략 적응을 마친 시기이다.

새 학교에서 느끼는 이질감은 은연중에 표현되기 마련이다. 옛날을 아름답게 기억하고 그리워하는 것이 사람 심리이다. 하지만 마음속으로만 생각하고 될 수 있으면 내뱉지 말아야 한다. 전입해 온 동료가 예전 근무하던 학교와 비교해서 우리 학교에 대한 불만을 토로하면 이상하게 방어를 하게 된다. 왠지 내 책임 같이 느껴지고, 나를 질책하는 것만 같다. 심지어 옳은 소리를 해도 방어기제가 발동하기는 마찬가지이다. 따라서 새 학교에 가서 옛 학교를 들먹이는 것은 기존에 있던 모든 교사를 적으로 만드는 것과 비슷하다. 일단 한 학기는 지켜볼 일이다.

사람의 기억장치는 참 잘 만들어졌다. 나쁜 기억보다는 기쁘고 자랑스러운 기억을 더 오래 간직하니까. 오래 간직하면서 자존감을 지키며 잘 살라는 조물주의 작품인 것 같다. 하지만 좋은 기억은 놀랍게도 자기의 사고방식에 맞춰서 윤색된 결과인 경우가 많다. 같은 일을 경험한 사람들이 과거를 회상할 때 모두 다르게 기억하는 것을 보면 틀림이 없다. 한결같이 자기를 중심으로 기억하므로 왕년에 타령을 해서는 안 된다.

아이들 앞에서는 더욱 왕년에 타령을 해서는 안 된다. 세상은 하루가 다르게 변한다. 학교의 주인인 아이들은 누구보다 변화를 빨리 받아들이고, 더 빨리 변한다. 나의 '왕년에' 타령은 자칫하면 그들이 태어나기도 전 이야기일 수도 있다.

동료교사들도 마찬가지다. 선배들 말을 경청해 주는 것이 교사들의 공통적인 품성이다. 평균적으로 착한 사람들인 교사들은 혹시 선배교사가 쓸데없는 소리를 해도 잘 참고 들어준다. 젊은 후배 교사들일수록 더욱 변화를 빠르게 받아들이는데도 그렇다. 웃어주고, 어떤 때는 짐짓 고개를 끄덕여 주기도 한다. 그래서 세 살 버릇이 여든까지 간다고 했는지도 모른다. 나이가 들

수록 쓴소리를 들을 수 없으므로 잘못된 행동을 고칠 수 없게 되
니까.

'민청눌언(敏聽訥言).'

'민첩하고 영민하게 듣고, 말은 더듬듯이 천천히 하라.' 인호
형이 생전에 카톡 프로필에 새겨 놨던 글귀다. 새겨볼수록 맞는
말이다.

교사는 밖으로 나돌아야 한다?

"초등학교에 들어간 이래로 한 번도 학교를 벗어나 보지 못했습니다. 평생 다닌 학교를 드디어 떠납니다."

어느 선생님의 퇴임식 인사말이다. 학생 신분을 벗어나면 학교를 떠나는 것이 상식이지만 교사는 학교에 머문다. 군대같은 특별한 변수가 없는 한 평생 학교를 떠날 수가 없다. 밖으로 나도는 '벗어나기'라고는 해본 적이 없다. 기껏해야 방학 때 여행이 전부지만 방학은 업무의 연장이거나 잠깐의 휴식일뿐 '벗어나기'라고 볼 수 없다. 그래서 세상을 보는 눈이 넓지 못하다. 은

퇴 후에 제2의 인생을 꿈꾸기는 하지만 사업으로 성공하는 경우는 거의 본적이 없다. 사업하는 제자 근영이가 말하기를 선생님들 노는 것을 보면 귀엽단다. 예쁘게 표현한 것이지만 무슨 뜻인지 잘 안다. 그 말을 듣고 생각난 이야기가 있다. 오래전에 같이 근무했던 은사님께서 들려주셨던 이야기다.

"내가 너희들처럼 놀았으면 너희들 자식들이 뭐가 되었겠니?"

친구들이 '선생들 쪼잔하다'고 놀릴 때 은사님께서 대답으로 하셨다는 말씀이다. '좀스럽다.', '쩨쩨하다.' 교사로 살다 보면 이런 소리를 많이 듣기 때문에 우린 애써 신분을 잘 드러내려 하지 않는 습성이 있다. 하지만 얼굴에 쓰여 있는 것을 어찌하랴. 아내가 가끔 그런 말을 한다. 옷을 사러 가면 가게 주인이 '선생님 아니세요?' 하고 묻는 경우가 많은데, 그럴 때마다 얼굴에 쓰여 있나 싶다고 한다. 쓰여 있다. 콕 집어 말할 수는 없지만 어떤 독특한 분위기가 있는 것이 분명하다.

어느 날 생각해 보니 내 자신이 좀 어이가 없다. 죄인도 아닌데 왜 드러내지 않으려고 하는 걸까? 곰곰이 생각해 보니 '부끄러움'과는 좀 거리가 있다. '사회적 시선'을 피하고 싶은 심리라는 생각이 들었다. '선생이라는 사람이 어떻게' 따위의 이야기를 듣고 싶지 않은 것이다. 교사에 대한 사회적 기대에 부응하고자 하는 도덕적 자세와 마음 편하게 일탈하고 싶은 자연인으로서의 욕구가 늘 상충한다.

그러면서 생각하게 되었다. '벗어나는 경험'이 필요하구나. 학교 생활을 잘 하려면 학교를 벗어나야 한다는 역설이다. 사회인의 기대에 부응할 만큼 '통 크고 대범하게 살자.'는 뜻은 아니다. 은사님 말씀대로 교사는 그렇게 사는 것이 맞다. 하지만 적어도 벗어나는 경험을 통하여 학교의 틀 속에 갇히는 것을 조금이라도 피해 봐야 한다. 학생과 학부모는 다층적, 무계급적 존재이다. 평생 학교를 벗어나지 못한 교사의 그릇으로 담아내기가 애초에 불가능한 존재인 것이다. 밖으로 나도는 경험은 그릇을 조금이라도 넓혀 보려는 몸부림이다.

내 대학 시절은 '먹고 대학생' 시절이었다. 억울한 구석이 없지는 않지만 밖에서 보는 어른들이 그렇게 불렀다. 실제로 취업 압박이 지금처럼 크지 않았기 때문에 학점에 목을 매지 않았던 것은 분명하다. 하지만 교사가 된 뒤에 대학 시절에 공부를 하지 않았음을 후회해 본 적은 없다. 오히려 그때, 교사의 소양을 기르던 그때, 더 많이 벗어나는 경험을 하지 못한 것이 아쉬울 때가 더 많았다. 범생이 출신 교사로서는 한계가 느껴지는 무계급적, 다층적 학생들을 만날 때마다 그랬다. 그래서 4학년이 되면 학생들이 모두 도서관으로 사라지는 사범대학과 교육대학의 요즘 풍경은 많이 안타깝다.

본의와 불의가 합쳐져서 나는 평균보다 많은 시간 '밖으로 나돌기'를 했다. 이런저런 공식적인 나돌기를 여러 해 했고, 전교조 해직 교사라는 뜻하지 않은 나돌기도 4년 6개월이나 했으니까. 원했든, 원치 않았든 내 교직 인생에서 밖으로 나돈 경험은 '잘한 짓'으로 꼽고 싶다. 자질을 쌓는 데 도움이 되었다고 말할 자신은 없지만, 적어도 숨통을 텄고, 그래서 새로운 에너지를 얻었으며, 세상을 조금은 객관적으로 바라볼 기회가 되었던 것 같다.

IV

저희가
쌤의 마지막 담임반이었으면 좋겠어요

복 받은 내 교직 인생

어느 날 술자리에서 친구가 뜬금없이 물었다.

"어떻게 해직까지 결단했던 겨?"

순간 당황스러웠다. 마땅한 답이 떠오르지 않았다. 다른 사람이 물었다면 당시 교육현실과 불가피했던 상황에 대해서 이러쿵저러쿵 설명을 했겠지만, 친구는 그런 설명이 전혀 필요가 없는 전교조 동지다. '최영'이라는 이름에 걸맞는 열혈투사인 그는 지인이 대신 탈퇴각서를 쓰는 바람에 해직을 못 당했다. 당시 교육당국은 온갖 수단과 방법을 동원해 조합원들에게 탈퇴각서를 강요했었다. 가장 약한 고리인 부모님을 비롯하여 지인들에게 압력을 가해서 몰래 탈퇴각서를 받아 가는 어이없는 짓이 횡행했다.

"해야 할 것 같아서……."

잠깐 망설이다가 내가 한 대답이었다. 뱉어 놓자마자 후회가 밀려왔다. 나보다 백 배, 천 배 열심히 산 최영에게 할 소리가 아니었다. 해직이 벼슬이 되는 순간이었다. 그리고 도둑이 제 발 저리듯 자격지심인지, 열등감인지 모를 감정이 밀려 올라왔다. '네가 왜, 투사도 아닌 네가 왜?'라고 묻는 것 같았다.

그 뒤로 곰곰이 생각해 봤다. 나는 왜 해직이 되었을까?

예전에 봤던 영화 〈동주〉가 떠올랐다. "부끄러워서 진술서에 서명할 수 없다."라던 동주의 그 말이 특별히 울림이 컸다. '독립운동가'라는 어마어마한 이름표가 부끄러워서 서명할 수 없었던 동주, 나는 감히 그 동주에 감정이입이 되었다.

‘해직 교사’라는 거창한 이름을 교직 평생 달고 다녔다. 대개 버거운 짐으로 지고 다녔지만, 때로는 왕관처럼 쓰기도 했다. 큼직한 이름표 덕분에 학교에서는 늘 내 자리가 있었고, 친구들이나 친지들은 뭐라도 되는 양 대우해 줬다. 돌아보니 꽤 괜찮은 교직 생활을 한 것 같다, 전교조 덕분에.

1988년 9월 1일 첫 발령을 받았다. 전두환 군사정권의 서슬 퍼런 독재 아래에서 학교를 다녔고, 뒤를 이은 노태우정권의 공안몰이 와중에 해직이 되었다. 김영삼정권의 유화정책으로 복직이 되었고, 김대중 국민의 정부 때 마침내 전교조가 합법화되었다. 거창하게 ‘운동권’이라고 자처하기에는 부끄럽지만 불의한 세상을 똑바로 바라보려고 깜냥껏 애를 썼다. 늘 겁이 나고 망설여졌으나 희망을 품고 살았다.

떠나는 지금의 교육현실을 내 초임 때와 비교해보면 정말 많이 바뀌었다. 독재 이데올로기를 주입하던 국정교과서가 사라졌고, 교과를 교사 재량껏 재구성할 수 있다. 오랫동안 전교조 참교육실천대회에서나 볼 수 있었던 학생활동, 교사활동이 교육청 주관으로 이루어진다. 강제 보충수업, 자율학습이 사라졌고, 수업시수도 많이 줄었다. 열악한 근무여건의 상징이었던 일·숙직·주번 교사도, 제왕적 교장과 관료주의도 옛이야기가 되었다. 돈이 없어서 교육 활동을 못하는 일이 이젠 거의 없을 뿐 아니라 급여도 많이 올랐다. 저절로 이루어진 것은 단 하나도 없다. 전교조가 끊임없이 요구하고 앞서 실천한 결과물이라고 나는 단언한다.

모두 나의 교직 생활 중에 이루어진 일이다. 이 얼마나 복 받은 삶인가, 희망으로 품었던 그것들이 조금씩 실현되는 것을 직접 목격하면서 이렇게 정년까지 오게 되었으니. 자신의 일생 동안 큰 역사적 진보를 경험하기란 정말 쉽지 않다. 역사를 들여다보면 그렇다. 역사는 변증법적으로 발전해 왔다고 하지만 사실 늘 갈지자걸음을 해왔고 그 비틀거림이 불과 수십 년 만에 바로잡힌 예는 거의 없다. 수많은 이들이 변화의 혜택은 커녕, 지켜보는 것조차 허락받지 못했고, 심지어 이름도 남기지 못한 채 목숨을 잃었다. 그러니 나는!

나의 치트키 부부교사

학교에는 부부교사가 많다. 요즘은 맞벌이 부부가 많지만 교육계 만큼 많지는 않은 것 같다. 학교에는 왜 이렇게 부부교사가 많을까? 우선 학교라는 폐쇄적인 조직이 내부 교류를 많이 하도록 하는 원인인 듯하다. 상대적으로 배우자로서 사회적 지위가 높은 여교사들이 마땅한 짝을 찾기 어려운 것도 원인 가운데 하나인 것 같다.

아내는 나와 같은 학교 출신이다. 교원임용고사가 생기기 전, 의무 발령 시절 국립사범대학이었으므로 자연스럽게 부부교사가 되었다. 내 주변엔 그런 부부가 많다. 일종의 족내혼(族內婚)

인 셈이다.

부부교사로 살다 보니 좋은 점이 꽤 많다. 외부 사람들이 거의 '유일하게' 교사를 부러워하는 점은 방학이다. 태어나서 학교 문턱을 넘은 뒤로는 늘 방학이 있었기 때문에 사실 나는 오랫동안 방학을 당연하게 여겼다. 그래서 '방학이 부럽다'는 말도 흘려들었다. 하지만 세월이 지날수록 아내와 함께 방학을 한다는 것이 엄청난 장점임을 알게 되었다. 나이가 들고 아이들이 커서 그럭저럭 여행이라는 걸 할 수 있는 여유가 생긴 이후였을 것이다. 일반 직장인들의 휴가가 주말 끼고 9일이 최대라는 말을 들었을 때는 더욱 실감이 되었다.

가장 좋은 점은 교육 전문가와 함께 산다는 점이다. 아내는 나와 터놓고 소통할 수 있는 최고의 교육 전문가였다. 예전에는 '남자가 집에 가서 마누라한테 꼬치꼬치 학교 얘기를 하는 것은 남자답지 못하다.'거나 '학교에서도 지겨운데 집에까지 가서도 학교 얘기를 한단 말인가?'라는 인식이 있었다. 왠지 쪼잔해지는 것 같아서 학교에서 벌어진 일은 말하지 않으려고 애썼다. 늘 입은 달싹거렸으니 '애썼던' 것이 맞다.

내 고정관념을 깨주었던 분이 있었다. 집에 가서 학교 얘기를 하는 것에 대하여 남교사들끼리 말 허비를 하고 있던 중이었다. 한결같이 자신이 입이 무거워서 얘기를 절대 안 한다는 식으로 말을 했다.

"마누라한테 말을 안 하면 누구한테 하나?"

씩둑꺽둑 떠들어대던 좌중에게 진지한 얼굴로 찬물을 끼얹은 선배가 있었다. 크고 작은 거짓말을 하고 있었으므로 모두 움찔할 수밖에 없었다. '교사인 아내에게 학교 얘기를 하지 않으면 무슨 얘기를 하느냐?'는 말을 덧붙였다. 순간 깨달음이 왔다. 깨달음이라기 보다는 면죄부를 받은 느낌이 옳을까? 그렇지! 아내는 교사다. 교사들이 모이면 학교 얘기를 하는 것이 당연하듯이 아내와 만나면 학교 얘기를 하는 것이 당연하다. 그 이후로는 아내에게 편안하게 학교 얘기를 한다.

혼자 생각은 늘 한계가 있기 마련이다. 생각이 꼬리를 물고, 결국 자기 편한 쪽으로 결론을 내리고 만다. 그런 실수를 하지 않으려면 자꾸 소통하고 자기만의 생각 우물에 빠지지 않도록 노력해야 한다. 그걸 잘 알면서도 동료들과 터놓고 얘기하기란 그리 쉬운 일이 아니다. 수업활동이나 학급운영에서 자존심을 버리고 고민을 얘기하기가 쉽지 않다. 모두들 교육전문가여서 얘기만 하면 꽤 쓸만한 해결책이 나옴에도 말이다. 그런 전문가가 한집에 있으니 얼마나 다행인가. 될 수 있으면 학교 생활 중에 생겨 나오는 고민거리를 서로 말하고 조언을 받으려고 '노력'했다.

내가 그럭저럭 교직 생활을 잘 마칠 수 있었던 이유 중에는 부부교사였던 것이 큰 부분을 차지한다. 업무 젬병인 나에게 강력한 치트키가 있었기 때문이다, '아내의 업무 능력'이다. 나는 평생 아내의 업무 능력을 잘 써먹었다. 부부교사라서 그럴 수 있었다. 작년에 했던 일이 까마득해서 일쑤 아내에게 물어본다. 벼룩도 낯짝이 있어서 동료들에게 묻기 부끄러운 것들은 늘 아내에게 묻는다. SNS가 생긴 이후로는 더욱 편리해졌다. 즉시, 그것도 소리 안 나게 물어볼 수 있으니까.

단, 원칙이 필요하다. 가장 중요한 원칙, 아내에게 전해 들은

다른 학교, 다른 교사 이야기는 다른 사람들 앞에서 이야기 하지
않기. 그래야 부부간의 대화가 넋두리를 넘어 고백성사가 될 수
있다.

눈물샘이 얕은 남자

나이가 들어갈수록 말 못할 고민이 한 가지 있었다. 이임 인사다. 대개 이임 인사는 학교를 떠나는 선생님들 가운데 가장 나이가 많은 사람이 대표로 한다. 그러니 언젠가는 내게도 피할 수 없는 날이 올 것이었다. 작별 인사를 하려면 틀림없이 눈물이 나올 것이다. 그래서 걱정이었다. 그런데 운 좋게도 정년이 될 때까지 내게는 그런 일이 닥치지 않았다.

용케 잘 피한 끝에 이제 정년을 맞았지만, 그래서 이젠 '작별 인사'를 피할 수 없게 되었다. 눈물 바람을 들키지 않을 수 없게 된 것이다. 평소에 잊고 있다가 때때로 생각이 날때면 은근히 걱정이 된다. '남자는 평생 세 번만 눈물을 흘린다'를 굳게 믿는 상남자류와는 애시당초 거리가 멀었지만 어려서부터 비슷한 얘기를 많이 들어서 은근히 내재화되었나 보다.

어렸을 때 내 별명은 울보였다. 남자로서 정말 쪽팔리는 별명이어서 무지하게 듣기 싫었다. 하지만 시도 때도 없이 눈물이 나왔다. 기뻐서 울고, 슬퍼서 우는 것은 당연했고, 약 올라서 울고, 화가 나서 울었다. 하지만 '남자의 눈물'은 늘 부끄러운 것이어서 애써 눈물을 숨겨야 했다.

어른이 되어서도 내 눈물샘은 마를 줄을 모른다. 이야기를 하다가도 왈칵 눈물이 나오는데 나 자신도 어느 대목에서 나오는지 예측할 수가 없다. 영화를 보다가도 잘 운다. 네 식구가 같이 보다가 나만 울어서 창피했던 적이 많았다. 어렸을 때와 달라진 점이 있다면 지금은 주로 기뻐서 운다. 고마워서 울고, 애틋해서 운다.

국민학교 1학년 때 선생님이 나를 '임명조'라고 불렀다. 집에 와서 그렇게 말했더니 담임선생님께 말을 하라고 하셨다. 원체 숫기가 없어서 도대체 기회를 잡을 수가 없어서 몇 날 며칠 기회를 엿보던 중이었다. 그날은 운동장에서 체육 수업을 했는데 '수업 공개'의 날이었던지 학부모들이 잔뜩 와서 우리 수업을 참관했다. 주로 읍내 아이들 어머니들이었는데 우리반 에이스였던 (수업 중에 서울말로 대답을 잘하고 얼굴이 하얘서 내 눈에는 그렇게 보였다) 기열이가 선생님께 나가더니,

"선생님 제 이름은 '이기열'이에요" 하고 말하는 것이었다. 그동안 선생님이 그 애 이름을 어떻게 잘못 불렀는지 나는 모르고 있었는데 어쨌든 잘못되었던 모양이다. 분명히 잘 차려입은 엄마 중에 기열이 엄마가 있었는데 왜 엄마가 말을 전하지 않고 직접 얘기를 하는지 의아했지만 기회다 싶어서 없는 숫기를 끌어내어 얼른 선생님께 걸어 나갔다.

"내 이름은 임병조유……."

왈칵 눈물이 나왔다. 도대체 이유를 알 수 없었다. 기열이의 또박또박한 서울 말씨에 주눅이 들었고, 선생님이 대꾸도 없이 엄마들과 얘기하는 것이 서운했던 것 같기도 하다. '남자가 운

다'가 매우 치명적인 낙인이었으므로 애써 감추느라 애를 먹었다. 모두 기억이 나진 않지만 그 뒤로도 비슷한 일이 여러 번 있었다.

그러다가 한 3학년 때쯤 옆집에 살던 우리 반 현순이가 그 이야기를 할아버지께 전했던 모양이다. 현순이네로 마실을 가셨다가 이런저런 얘기 끝에 이야기를 들으셨을 것이다. 할아버지는 꽤 언짢아 하셨다. 집에 돌아오셔서 나를 불러 놓고 짧지만 묵직한 잔소리를 하셨다. '말을 하면 되지 남자가 왜 우냐'가 할아버지 말씀의 핵심이었다.

돌이켜 보면 원죄 의식 때문이셨으리라. 나는 무려 8대 장손이다. 없는 집이긴 했지만 태어날때부터 엄청난 기대와 귀여움을 받았다. 내가 갓난이였을 때 할아버지께서 상갓집에 다녀와서 내가 누워있던 방을 들여다본 뒤로 내가 울었다는 것이다. 옛날에 막내 고모에게 전해 들은 얘기다. 생전 자식들에게 자상한 티를 한 번도 내지 않았던 할아버지가 첫 손자인 내게는 늘 각별했었다.

내 생각에 충분히 선후 관계 이상의 인과 관계가 있다. 할아버지는 술을 좋아하셨고 한잔하시면 늘 마루턱에 걸터앉아 시조를 한 자락 뽑으셨다. 그날도 틀림없이 거나하셨을 거다. 갓 태어난 손주가 보고 싶어서 시끌시끌 방문을 열어젖히셨겠지? 나는 자지러졌을 테고. 머쓱해진 할아버지는 되돌아 나가셔서 틀림없이 마루에 걸터앉아 시조 한 수를 읊으셨을거다. "백구야~." 애창 시조 한 자락 뽑으시는 동안 방안의 아기는 쉽게 울음을 그치기 어려웠으리라.

때로 자기 고백은 사람을 단단하게 만든다. 이렇게 고백을 하면 정년 퇴임하는 날 고별사를 혹시 울지 않고 할 수 있을까?

오이는 왜 익지도 않고 늙을까?

산책길에 오이밭을 지나가는데 아들이 갑자기 묻는다.

"오이도 익어요?"
"늙은 오이 있잖아, 무쳐 먹으면 맛있는 거."

별 생각없이 대답을 하다가 문득 오이는 '익지 않고 늙는다'는 것을 깨달았다. 당연히 익는 건데 늙는다고 한다. 그러고 보니 호박도 그렇다. 익지도 못하고 늙어버리는 것이다. 오이와 호박은 왜 익기도 전에 늙어버릴까?

대부분의 열매들은 익으면 쓸모가 있는 데 비해 오이나 호박은 익으면 쓸모가 별로 없다. 먹을 수 없는 것은 아니지만 익지 않은 오이나 호박에 비해 쓸모가 적다. 그래서 '익는다'고 하지 않고 '늙는다'고 하는 모양이다. 그렇다면 '늙는다'는 말은 '쓸모가 별로 없다'는 뜻을 포함하고 있는 셈이다.

'젊고 예쁘다'는 표현을 흔히 한다. 뜻이 다른 두 낱말이 단지 나란히 있을 뿐이지만 두 낱말이 관용적으로 같이 쓰인다는 것은 '젊음'과 '예쁨'이 꽤 큰 상호관계를 가지고 있는 것처럼 느껴지게 한다. 그렇다면 이 말 속에도 '늙으면 예쁘지 않다'는 뜻이 들어 있다고 볼 수 있다. 하지만 둘 사이에는 사실 뚜렷한 상관관계가 없다. '예쁘다'는 것은 개인차가 있으니 그 사람의 특징으로 받아들일 수 있지만 '젊다'는 것은 그 사람의 본질적 특징이라고 하기는 어렵다. '젊다'는 누구나 한 시기에 저절로 갖게 되는 현상일 뿐이다. 그래서 '젊고 예쁜' 사람은 언젠가 그냥 '예쁜' 사람이 될 수밖에 없다. 만약에 '젊기 때문에 예쁜' 사람이 있다면 안타깝게도 그는 나이가 들면 '예쁨'도 '젊음'과 함께 잃을 수밖에 없다.

석가모니는 '늙고 병든' 사람을 보고 인생의 무상함을 느껴 출가를 결행하였다. 이브는 죄를 지은 뒤 한순간 폭삭 늙어버렸다. '늙음'을 죄로 받은 것이다. 종교적으로도 늙음은 '좋지 않은 것', 심지어는 '벌'에 속하니 늙음을 칭송하기 어렵다. 저출산 시대를 걱정하는 젊은이들에게 늙음은 정말 큰 골칫거리다. 일은 하지 않고 젊은이들에게 부담만 안기는 존재로 인식되고 있다.

연령별 인구 구조에서는 연령을 유소년, 청장년, 노년으로 구분한다. 모두 한자말인데 이를 우리말로 바꾸면 어린이, 젊은이, 늙은이가 된다. 그런데, 어린이·젊은이는 아름다운 우리말로 널리 쓰이고 있는 반면, 늙은이는 '노인'이라는 한자말에 높임말 자리를 빼앗기고 말았다. 같은 뜻이지만 '늙음'의 어감이 좋지 않기 때문이다. 심지어 요즘은 '어르신'이라는 높임말이 '노인'도 제쳐 버리고 늙은이를 대신하는 보통격이 되었다. '늙음'이 얼마나 천대를 받고 있는지를 잘 알 수 있다.

사람도 익지 않고 늙는다. 줄줄이 명퇴를 하는 친구들을 보면서 '늙음'을 실감한다. 우리는 익었던 적이 있었던가? 오이의 예를 갖다 붙이자면 사람도 나이가 들면 그다지 쓸모가 없다는 뜻이다. 오이와 호박에게 감정이입이 되면서 갑자기 그들이 불쌍해졌다. 생각 없이 '늙은'을 붙여 오이와 호박을 괄시했었구나.

정년을 얼마 남기지 않은 늙은 교사인 나는 익었던 적이 있었던가? 환갑 나이에 고3 담임을 하면서 나름 씩씩하게 살면서도 늘 마음 한구석은 내년이 걱정이다. 뒷방 늙은이로 나앉고 싶지는 않지만 그렇다고 내 욕심만으로 담임을 하겠다고 나서기도 어렵다. 동료 담임과 아이들이 마음에 걸리기 때문이다. 학교도 여느 직장과 마찬가지로 늙은이의 쓰임과 소임이 적다. 나이가 짐이 아니고 경륜이면 좋으련만……. 이제부터는 오이와 호박에게 '익는다'고 말해 줘야겠다.

벤ㅎ는 것에 을큰 ㅎ다맙서

'20대는 어려운 것만 가르치고, 30~40대는 중요한 것을 가르치고, 50대가 넘으면 아는 것만 가르친다.'

50대에 이 말을 처음 들었다. '아는 것만? 어려운 것, 중요한 것은 다 잊었고?' 동년배 친구에게 들었는데도 나이 든 교사의 자조적인 넋두리로 들리는 놀라운 '유체 이탈 듣기'라니! '나는 여느 50대와는 다르다.'는 생각이 내 마음속에 깔려 있다는 뜻이 아닌가. 그 후로 가끔 그 말이 생각이 났지만 깊이 생각해 보지 않았고, 늘 '나는 아니다'라며 애써 머리를 털었다.

제주도에서 열렸던 은퇴자 연수에서 오랜만에 그 친구를 만났다. 오랜만에 만나니 원본이 궁금해졌다. 여유롭게 웃으면서 대답하는 표정이 그때나 지금이나 똑같은 친구를 보면서 처음으로 깊이 생각을 해보게 되었다. 곰곰이 생각할수록 아주 틀린 말은 아니라는 생각이 들었다.

20대는 연구할 것이 많다. 내 경험으로 보면 첫 발령 때는 정말 공부를 많이 했다. '진작 이렇게 공부했더라면 수석 졸업했을 것'이라고 말하곤 했었다. 그러니까 어려운 것만 가르치는 것이다. 마구 입력해서 데이터 베이스는 늘렸지만, 완전히 소화되지 않은 지식이 제대로 성형이 되지 않은 채 나왔을 가능성이 크다. 아이들 입장에서 보면 어려운 것만 가르치는 것이다.

30~40대에는 연구가 어지간히 익었고, 어려운 것이 대부분 머릿속에 재구조화되어 입력되어 있다. 그러므로 중요한 포인트를 끄집어내어 잘 풀어서 가르칠 수 있다.

오십 대가 넘으면서 쌓인 지식도 어지간하고, 중요한 포인트도 대부분 알게 된다. 그러니 생각나는 것만 가르쳐도 된다. 생각나는 것에는 당연히 어려운 것, 중요한 것이 들어 있다.

이렇게 아전인수를 하고 나니 마음이 편해졌다. '나는 아니야!' 하고 강변했던 자격지심을 뛰어넘으니 마음의 평화가 온 것이다.

사실 나이가 들면서 많은 것을 잊기 마련이다. 젊은 시절에 쌓아놓은 어려운 것과 중요한 것이 모두 머릿속에 남아있지는 않다. 변화를 긍정하지 못하고 변하지 않았다고 강변했던 것은 기억이 휘발되어 가고 있음을 인정하고 싶지 않은 강박감 때문이었다. 그렇지만 많은 것을 잊는 대신에 새로운 것도 만나므로 나이를 잘 활용하면 지식과 경험의 시너지를 얻을 수도 있다. 날을 세웠다는 것은 곧 지식과 경험의 시너지를 스스로 확신하지 못했다는 뜻이다. 그러나 자신을 자꾸 돌아보지 않으면 '생각나는 것'이란 것이 흩어져 가는 기억 가운데 남은 몇 조각이 될 수도 있다.

변하는 것은 무죄다. 무죄 정도가 아니라 잘만 하면 유익하기까지 하다.

곶자왈 숲길을 벗어나는 곳에 표지판이 서 있다.

'벤ㅎ는 것에 을큰 ㅎ다맙서'

'변하는 것에 슬퍼하지 마세요. 당신은 여전히 아름답습니다.'

은퇴를 앞두고 변하는 나를 본다. 사냥하듯 여행하지 않고, 격렬하게 사진을 찍지 않는다. 이제 열정의 방향을 바꿔 가야 할 때가 된 것이다. 그래도 늘 스스로 아름답고 싶다.

저희가 쌤의 마지막 담임반이 되고 싶어요

11월 14일, 올해 마지막 생일 편지를 만들었다.

동혁이를 비롯하여 아직 생일이 안 지난 네 명이다. 수능 후에 생일이 몰려 있으면 생일 편지를 전달할 때 맥이 좀 빠진다. 교실이 꽉 차 있지 않아서 그렇다. 사실 이미 2학기가 시작되면서 교실은 파장이나 다름없었지만 그래도 올해는 생일이 늦은 친구들이 많지 않아 다행이다.

남은 네 명의 생일편지를 만들면서 '마지막'이라는 낱말이 갑자기 떠올랐다. 내년부터 정년 때까지 담임을 안 한다고 하면 올해가 내 교직 인생의 마지막 담임이고, 그렇게 된다면 '지금 만들고 있는 네 명의 생일편지가 마지막 생일편지구나' 하는 생각이 들었던 것이다.

'마지막'이란 낱말은 왠지 사람을 슬프게 한다. '마지막'이라는 낱말을 떠올리면서 그런 센티멘털에 잠깐 잠겨봤다. 하지만 슬픔 대신에 스르륵 떠오르는 장면이 있어 혼자 미소를 지었다.

"쌤~, 올해까지만 하시고 담임 그만하세요."

3월이었던가? 어느 날 선우가 불쑥 내게 말했다. 순간 내 마음을 들킨 것만 같았다. 언제 내가 그런 말을 내비치기라도 했던가? 짐짓 태연한 척 물었다.

"왜?"
"저희가 쌤의 마지막 담임반의 되고 싶어요."

너무 고마운 말이다. 늙은 담임이 안쓰러웠는지도 모른다. 나는 올해로 쌍용고 3년차로 우리 반 아이들과 입학 동기이다. 3년 전에 우리 학교로 오면서 나름 계획을 세웠었다. 1학년 담임을 맡아서 함께 진급하고, 그 아이들을 졸업시킨 다음 담임을 더 이상 하지 않으리라. 남은 시간은 나도 학교를 졸업할 준비를 해야하니까. 첫해에 뜻하지 않게 3학년을 맡게 되어 계획에 약간 차질이 있었지만 작년에 2학년 담임을 맡고, 함께 진급해서 졸업을 시키게 되었으니 큰 틀에서는 계획대로 된 셈이다.

그런데 올해 만난 친구들이 너무 예쁘다. 내게 이런 복이 있다니! 몇 년 전부터 올해를 마지막 담임으로 내심 생각하고 있었지만 이런 기쁨이 있으리란 생각은 정말 하지 못했다. 내 계획에 큰 보너스가 얹어진 셈이다. 그래서 더욱 마음을 굳혀 가고 있다. 3학년 6반, 너희들을 나의 마지막 담임 반 제자들로 둬야겠다. 그러면 내 평생이 아름다운 기억으로 기쁠 것이기 때문이다.

고마웠다 친구들.

정년을 맞이하는 멋진 후배에게

대학시절
세상을 바로 보고 싶어
펜을 들던 너를 기억해

그 마음 그대로
교실로 가서
서른 두 해를
아이들 곁에서 정직하게 쌓았지

정 많고 바른 너
이제 문 닫아도
가르침은 남아
아이들 가슴에 새겨질거야
참 고생 많았네
진심으로 축하해
멋지게 너의 길 완성했어

동암 강창수(용인환경생태연구소장, 전 성지고 교장)

빛이 된 이름

제자든 교사든 누구 한 사람 구별없이 품어주시던,
박수 한 번 치시곤 '좋~다'라는 말씀을 자주 하시던
따뜻한 선생님, 존경하는 선생님, 인기쟁이 선생님
선생님 계신 곳은 배움과 위로가 흐릅니다.

참 어른, 참 교사인 선생님
긴 교직생활, 뒤돌아 보셨을 때
모든 순간이 잘 지어놓은 농사처럼
풍요로움으로 기억되시길 바랍니다.

선생님의 '함께', '참' 교육의 가치를 기억하며
저도 남은 교육현장에 씨를 뿌리겠습니다.

존경과 감사의 마음을 모아
빛이 된 선생님의 이름을
제 마음에 오래 새깁니다.

천이슬(아산충무고 교사)

광인(狂人)의 열정에 바치는 헌사

온화한 미소와 넓은 마음, 하지만 불의 앞에서는 누구보다 단호한. 곁에서 지켜본 임병조 선생님은 독서와 기록, 사진과 지리학에 미친, 진정으로 닮고 싶은 '광인(狂人)'이셨습니다. 이 책에는 교육 개혁을 위한 참교사의 소명과 연구하는 학자의 모습이 생생하게 담겨 있습니다. 그리고 그 열정의 목적지는 언제나 학생과 동료 교사를 향한 헌신이었음을 독자들에게 강조하고 싶습니다.

채수진(충남외고 교사)

지리 시간은 선생님과 함께 떠났던 지리 여행

벌써 30년이나 됐네요. 곰돌이 푸 캐릭터를 연상케 하는, 구수하고 푸근하신 인상으로, 편안하게 면담을 이끌어 주시고, 성적뿐 아니라 고민 상담도 잘 받아주셨습니다. 수업 시간엔 진도에 얽매이지 않으시고 우리 고장과 국내뿐 아니라 세계 지리의 재미난 스토리를 함께 연결해서 지리 여행을 떠나는 기분이었습니다! 저는 지금 한국사 최○○강사만큼이나 재밌고 알찬 수업으로 기억합니다!

17살, 고등학교 1학년 시절 선생님께 배웠던 지리 내용들이 다 기억나지는 않지만, 항상 마음이 여유로우시고 유연하게 제자들을 대하는 모습을 보며 저런 어른이 되어야겠다는 생각이 들었습니다. 고등학교 시절 선생님께 배웠던 이런 가르침과 태도는 30년 후에 제 삶에도 큰 영향을 주고 있습니다. 그 소중한 교직 생활 경험과 철학을 책으로 남기신다면, 후배 교사들과 학생들 제자들에게도 큰 울림과 기대가 될 것이라 믿습니다. 늘 건강하시고 평안하시길 빕니다.

최미경(갈산고 1996)

삶의 방향을 가르쳐 주신 울림

고등학생 시절 가장 기억에 남는 일은 선생님과 함께 지리올림피아드에 나갔던 일입니다. 충남의 여러 학생을 만났던 경험은 세상을 넓게 보는 눈을 갖는 계기가 되었습니다. 결혼식 주례로 들려주셨던 선생님의 한말씀 한말씀은 제 삶의 방향을 결정짓는 데 큰 울림이 되었습니다. 학생들과 함께 걸어오신 교직의 시간들이 이제 한 권의 책으로 남아 더 오래 전해진다는 사실에 제자로서 깊은 감동과 존경의 마음을 느낍니다. 선생님의 새로운 여정을 진심으로 응원 드리며, 뜻 깊은 출간을 마음 다해 축하 드립니다.

김상훈(대천고 2002)

교실 밖 세상으로 이끌어 주신 선생님

선생님은 늘 학교에 계셨지만, 저를 교실 밖 세상으로 이끌어 주신 분이었습니다. 지루할 수도 있는 지리 수업을 "여러분, 이거 참 재미 있지 않아요?"라며 진심으로 즐기시던 모습 속에서 저는 처음으로 '배움이란 이렇게 사람을 설레게 할 수도 있구나'라는 감정을 알게 되었습니다. 학생들과 함께 기타를 치며 노래하시던 축제의 밤, 변해가는 학생들의 문화와 가치관을 판단하지 않고 이해하려 애쓰시던 태도, 그리고 교사라는 이름에 스스로를 가두지 않으려 끝없이 배우고 연구하시던 시간들…. 그 모든 장면이 제게는 '어른이란 어떤 존재여야 하는가'에 대한 가장 선명한 답이었습니다.

밖으로 나돌아야 교실이 넓어진다는 선생님의 삶의 철학은 이제 제 삶을 움직이는 문장이 되었습니다. 이 책이 그 오랜 여정의 기록으로 세상에 나오게 된 것을 진심으로 축하드리며, 변함없는 존경과 깊은 감사의 마음을 전합니다.

모근영(천안두정고 2004)

지리교육의 의지를 길러주신 선생님

은사님은 저에게 지리교육의 의지를 길러주시고 지리학도의 길을 알려주신 분입니다. 고등학교 시절 우리 지역뿐 아니라 서울 등 여러 지역을 함께 답사하고, 지리올림피아드에 참가하면서 앞으로 나아가는 길이 더 넓은 세계라는 것을 배우게 되었습니다. 지리 사진전·지리콘서트 등 지리동아리 활동도 기억에 남습니다. 덕분에 지리교육과에 진학하게 되었고 가르쳐주신 지혜를 바탕으로 지금은 교단에서 학생들에게 지리의 진면목을 보여주려고 노력하고 있습니다. 늘 감사드립니다.

석종희(설화고 2014)

단호박 병조쌤

학창 시절 때 임병조선생님은 제게 단호박 같은 선생님이셨어요. 단호박처럼 달달~한데 단호할 땐 단호한 선생님. 항상 지리 수업해주실 때마다 관련된 토막 상식을 재밌게 알려주시고, 저뿐만 아니라 모든 학생에게 너무 친절하게 잘 해주셨거든요. 그때 문과반이었는데, 문과생들의 든든한 아빠 같은 느낌이었어요. 그런데 가끔 학생답지 않은 선 넘는 일이 있을 때는 정말 단호하게 지도하셨던 기억이나요.

선생님이 지금까지 써 오셨던 지리 일대기(특히 블로그 글, 책 등)는 자연적인 지식뿐만 아니라 사람 사는 정겨움도 묻어나서 항상 재미있게 읽었던 기억이 나요. 이번에는 교직 생활을 돌아보신다고 하셔서 제가 뭐라도 소재 거리라도 드리고 싶었는데…. 저는 모범생이었는지 항상 수업 듣고 선생님의 지리 답사 따라다닌 기억밖에 없네요. 이번 글도 응원합니다, 선생님!! 책 나오면 바로 서점 달려가겠습니다!

육예진(배방고 2017)

긍정과 가능성으로 바라봐 주신 선생님

저에게 선생님은 늘 유쾌하고 부드러웠으며, 동시에 분명한 가치관과 학생에게 관심을 가지고 좋은 방향으로 이끌어주신 분이었습니다. 특히 선생님은 학생의 부족한 점보다 가능성을 먼저 바라봐 주시는 분이었습니다. 부정보다 긍정으로, 걱정보다 믿음으로 학생을 대해주시던 그 모습은 지금도 제 기억 속에 선명합니다.

이 책의 한 꼭지에 제 이야기가 담겼다는 사실은 제게 매우 특별한 의미와 영광으로 다가옵니다. 한 사람의 교사가 한 학생의 삶에 어떤 흔적을 남길 수 있는지를 저는 선생님을 통해 배웠기 때문입니다. 그리고 이제 저 역시 선생님처럼 누군가의 삶에 따뜻한 영향을 줄 수 있는 사람이 되고 싶다는 꿈을 품게 되었습니다.

이 책이 선생님의 교직 인생을 기록하는 동시에, 또 다른 누군가의 새로운 시작을 응원하고 힘이 되어 주는 이야기가 되기를 바랍니다.

이미람(천안쌍용고 2023)